井川香四郎

桃太郎姫　百万石の陰謀

実業之日本社

実業之日本社文庫

目次

第一話　彩りぬるを　5
第二話　人身御供《ひとみごくう》　91
第三話　悲しい罪　173
第四話　百万石の陰謀　243

第一話　彩りぬるを

一

江戸城で〝八朔《はっさく》の儀式〟が執《と》りおこなわれるのは、夏の盛りを終えてだが、今年は例年よりも残暑が厳しかった。

年頭の正月挨拶以来の将軍御目見得《おめみえ》となる大名や旗本も多いため、内濠《うちぼり》の各門には人がずらりと並んで行列を成していた。登城には普段から厳しいしきたりがあり、格式に応じての衣装はもとより、入門の場所や順番が決められている。江戸城中に入っても控え部屋や謁見《えっけん》の位置も事細かく指定されている。

それが煩《わずら》わしくて、讃岐《さぬき》綾歌藩《あやうたはん》の次代藩主となる桃太郎《ももたろう》君は、登城を欠席したかった。が、此度は奏者番《そうじゃばん》の役職に就ける内定を受けるとのことで、よほどのことがない限り、拒むことはできなかった。

大紋《だいもん》に染帷子《そめかたびら》姿の桃太郎《ももたろう》君は、わずか三万石の大名である。だが、母親は八代将軍吉宗《よしむね》の従妹《いとこ》にあたるため、親藩として何かと優遇されていた。その分、諸々の〝義務〟もあるゆえ、何かと面倒くさがりの性分である桃太郎君には、

――奏者番など我が身には恐れ多い。

と断るつもりであった。

とはいえ、綾歌藩松平《まつだいら》家は代々、奏者番を与《あずか》っているため、いずれはその職に就かされるかもしれぬ。

奏者番といえば、江戸城中の儀式で、大名が将軍に謁見する際に、姓名の奏上《そうじょう》からご進物の目録の披露まで、〝そら〟でしなければならず、間違いは許されない。五節句のような祝い事だけではない。叙任や参勤、就封《しゅうほう》などという重大な儀式の進行役をするわけだから、神経が磨り減る仕事である。

「私には到底、無理……」

常々、桃太郎君はそう言っている。此度のような八朔の儀式ですら辛いのだから、奏者番などを勤めるのは困難であろう。

しかし、江戸家老の城之内左膳《じょうのうちさぜん》は、なんとか拝命したいと願っている。これまでも何度か幕府の要職に就ける機会はあったのだが、〝お転婆《てんば》〟な桃太郎君は何かにつけて断り続け、気楽な若様暮らしをしているのである。

まさしく〝お転婆〟――問題は、若君が男ではなく、女であることを世間には秘密にしていることである。将軍吉宗や町奉行の大岡越前《おおおかえちぜん》など、ほんの一部の者は承知しているが、今のところは黙認という類である。藩内で知っているのは、城之内と奥女中頭の久枝《ひさえ》だけだ。

万が一、若君が女であることが、江戸城中の公の場でバレるようなことがあれば、将軍とて「知ってたよ」では済まされない。生まれてからこれまでずっと欺いてきたわけだから、今更、お姫様だから養子を取って藩の継続を、などと虫のよいことができるはずがない。

「桃太郎君には、一生、独り身でいてもらいます。もしくは、偽装のため御正室を貰うという手立てもありますがな」

城之内はいつもそんなふうに言っては、桃太郎君を困らせていた。その都度《つど》、桃太郎君の方も負けてはおらず、

「帝《みかど》であっても女がしたことがあるのじゃ。女が藩主になって何が悪いのだ」

と言い返した。

だが、封建の武士社会にあっては男系の構造は変えられない。世の中の仕組みが変わらない限り、桃太郎君はずっと男でいて貰わなくては困る。藩の存続のためなのだ。

八朔の儀式は、天正十八年（一五九〇）に、徳川家康《とくがわいえやす》が江戸入りしたことから始まった。〝八朔〟自体は元々、鎌倉時代から行われていた米の収穫の無事を願う儀式である。ゆえに、早稲《わせ》の実り具合を見て豊作を祈願したり、早稲の実を入れた

盃《さかずき》に酒を注いで、米作りの成就を祈願する。これが、武家の主従関係も〝田《た》の実《み》〟のように「信頼を築く」という意味合いで、儀式化されたのである。

とまれ──

「上様におかれましては、無事息災で何よりでございまする」

という決まりきった挨拶のために、何刻も待たされ、堅苦しい儀式を終えた。

久しぶりに将軍の顔を拝み見た桃太郎君だが、上様よりもその背後にある立派な屏風《びょうぶ》に目がいった。大きな松の木と海、その向こうには金雲が流れており、無数の鴎《かもめ》が飛び交っている。なんとも美しい目映《まばゆ》い絵だった。

「どうした……」

吉宗が訝《いぶか》しげに声をかけたが、桃太郎君はただ「ご機嫌麗《うるわ》しゅうございまする」とだけ言って挨拶を重ねるだけであった。

それぞれが下城に取りかかった頃、茶坊主に案内されて、桃太郎は別室にて、老中の相馬《そうま》因幡守《いなばのかみ》と面談することとなった。

相馬因幡守は陸奥《むつ》中村藩当主で、帝鑑之間《ていかんのま》詰めの外様《とざま》であるが、若い頃より秀才の誉れ高く、いずれ幕政に躍り出るであろうと期待されていた名君である。四十にして老中に大抜擢され、それから十年もその任にある重鎮である。

中村藩は、「相馬藩」と家名で呼ばれるほど名門であるのは、下総《しもうさ》相馬を支配していた平将門《たいらのまさかど》の末裔《まつえい》だからだ。先祖代々、気骨の武士と知られ、戦国の世にあっては豊臣秀吉から陸奥の三郡を安堵《あんど》されていたが、関ヶ原の合戦の折は、豊臣家に忠誠を尽くして、不参加を決め込んだ。そのため徳川家康により改易された。

だが、すぐに御家再興を果たし、五百年近くも守り通してきた陸奥相馬の地を奪還したのである。〝野馬追《のまお》い〟で有名な武田流軍学の流れを汲む神事には、相馬家ならではの力強い武道精神に溢《あふ》れている。

その直系である相馬因幡守は、見るからに融通の利かぬ武芸者そのものであった。大柄な体に、大きな目に分厚い唇の顔は、人を威圧するに十分であった。

その前に控える桃太郎君は、女であるゆえ、体も他の者たちより、一廻りも二廻りも小さい。しかも撫で肩ゆえ、武士としては情けない姿にしか見えなかった。

「――いささか……」

と言ってから言葉を詰まらせたのは、相馬の方であった。

自分と比べて、あまりにも小柄なので、どう声をかけてよいのか迷ったのであろう。その困惑した様子が、大きな牛がゲップをしたような顔に見えて、桃太郎君には可笑しくて噴《ふ》き出しそうになった。

「何が可笑しいのだ、松平桃太郎君」

不機嫌に相馬が野太い声を発すると、桃太郎君は改めて平伏して、

「申し訳ございませぬ。私、緊張すると笑ったような顔になります。平にご容赦下さいますよう、お願い申し上げまする」

「緊張……とな」

相馬はさらに嫌味な口調になって、

「さほど緊張する性分では、到底、奏者番などは務まりそうにないな。知ってのとおり、奏者番は紹介する大名の名前を間違えただけでも切腹ものだ。おぬしから辞退するならば、この話はなかったことにするが」

と、もって廻《まわ》った言い方をした。

「はい。辞退しとう存じます」

あっさりと桃太郎君が断ったので、今度は相馬の方が困惑した顔になった。おそらく多くの者は、老中にそう牽制《けんせい》されると、

「――さようなことは決してございません。必ずや上様のため、御公儀《ごこうぎ》のためお役に立つ所存にございます」

とでも言って、役職に就けるよう必死に頼むのであろう。

桃太郎君に限っては、本心から受けたくないので、すんなり断った。逆に困ったのは、相馬の方であった。

「いや……これはもう形式的なことでな。内定を取り消すわけには参らぬ」

「はあ。どうしてでございましょう。御老中が該当の人物を見て、その職に相応《ふさわ》しいかどうかをお決めになればよろしいかと。正直申しまして、私はまこと緊張する場が苦手でございまして、先刻も上様のご挨拶の折、舌を嚙《か》んで死にそうでした」

「舌を嚙んで死ぬ……ふはは。冗談が好きなのだな、桃太郎君は」

「冗談ではありませぬ。まこと窮屈なのが嫌いというか、なんというか……」

「その心に素直なところ、正直なところが上様がお気に入りなのだ」

「上様……」

桃太郎君が首を傾げると、相馬は真顔で頷いた。

「さよう。上様が直々に、そこもとのことを推挙した。むろん親戚にあたるという身贔屓《みびいき》もあるであろうが、身共も桃太郎君が英明であるとの噂は承知しておる」

「まったく英明ではありませんが……」

「そう謙譲《けんじょう》することもあるまい。ささ、素直にお引き受けなされよ」

相馬が迫るように言うと、桃太郎君はもじもじと腰を揺らした。女として見ても、目の前にいる脂ぎった、偉そうな相馬のような部類は一番嫌いなのである。その訝《いぶか》しむような目つきを、相馬は何か察したのか、

「如何《いかが》なされた」

「あ、いえ……何でもありませぬ……」

「先程からどうも、妙な匂いがしておるのだが……」

ひくひくと鼻先を歪めた相馬は、まさしく牛のようであった。

「妙な匂いでございますか……」

「ああ、女子《おなご》の匂いだ。なんとも悩ましい、香しい匂いだ」

思わず桃太郎君は自分の袖や首元を嗅ぐ仕草をした。

「はは……やはりな……昨夜はたんまりと、夜伽《よとぎ》を召されたか……いやいや隠すことはない。将軍謁見のため江戸城へ登城する前日は、なかなか眠れぬものだ。戦に行く直前と同じで、興奮を抑えるためにも女とまぐわうことは当然のこと」

「あ、いえ、私は……」

「若いのだから恥ずかしがることはない。どんな塩梅の女だ。まだ独り身と聞いておるが、奥女中たちはよりどりみどりの、美形揃いなのであろうのう。ははは羨《うらや》ましいわい。身共《みども》の年になると、もう役立たずじゃ。いやいや羨ましい、羨ましい」

嫌らしい目つきで相馬が下卑た話を広げるたびに、桃太郎君は嫌な気持ちと同時に恥ずかしくなってきた。

「いや初々しい……まるで、そこもとがまるで女子のように照れておる……若いということは良いことだ……精力的にお世継ぎに励むのが宜しかろう。そのために、奏者番という役職に就くことも大事かと存ずる」

桃太郎君は黙ったまま俯き加減で、少しもじもじしながらも、

「今日のところは、ご辞退申し上げますれば、何卒、宜しくお願い致します」

「なんと。まことか」

信じられないという表情になった相馬に、桃太郎君はキッパリと言った。

「奏者番は上様、直下の役職。つまり御老中とも対等ということになります。私にはまだ到底、無理でございます。屋敷にて、女と乳繰《ちちく》り合っているのが性に合います」

最後は余計なことを言ったと思ったが、相馬は強烈な皮肉と受け取ったのか、

「さようか。ならば上様にもそうお伝えしよう。幕府の重要な役職よりも、夜な夜な女を抱いて遊ぶ方が性《しょう》に合っていると、ご本人が申したとな」

と言って頬《ほお》を歪《ゆが》めた。

——こんな輩《やから》が、幕政を牛耳《ぎゅうじ》っているのか……。

桃太郎君は心の中で呟いたのだが、まるで聞こえたかのように、相馬は返事をした。

「武家として生まれたからには、権力を手にしなければ、バカと同じだ。無駄飯食らいと評判を立てられても、身共は知らぬぞ」

「ははあ。肝に銘じておきます」

平伏する桃太郎君を、相馬は歯牙《しが》にも掛けぬという顔で見下ろしていた。

二

深川の猿江御材木蔵《さるえおざいもくぐら》の近く、小名木川《おなぎがわ》に架かる岩井橋の袂《たもと》に、『天狗屋《てんぐや》』という一膳飯屋があった。

この橋は、時代が下って文政年間に中村座で上演された歌舞伎、鶴屋南北《つるやなんぼく》が書いた『東海道四谷怪談《よつやかいだん》』の舞台の一幕で使われた場所である。芝居の中で、伊右衛門《いえもん》に殺された小仏小平《こぼとけこへい》と、お岩の遺体が張り付けられた戸板が流れ着いた場所である。

もっとも、吉宗の治世の享保《きょうほう》年間に、『四谷雑談集』という先行作品があり、その怪奇譚《たん》も元々は、元禄《げんろく》時代に実際に起きた異様な事件を創作したものだと言われている。いつの世も摩訶《まか》不思議な話はあり、あまりに恐ろしい話は美談に作り替えられたりしながら、後の世まで語り継がれる。

歌舞伎となった『四谷怪談』と同様に、鉄炮《てっぽう》組同心のひとり娘は、容姿や気性にやや難点があったがため、婿入りを望む者がいなかった。だが、無職の浪人が仕官欲しさのため、婿養子となったのだが、別に好きな女が出来てしまった。そのため、女房の方が昔馴染みの男と不義密通して駆け落ちしたと見せかけ、殺してしまった。

その後、婿の身に様々な怪異な事が頻発したのである、
かような怪談は、八朔の暑い時節に寒くするために作られたというが、岩井橋界隈は田畑が広がる寂しい場所ゆえ、日が落ちると鳥肌が立つほど不気味だった。武家屋敷がぽつぽつあったが、『天狗屋』は一体、誰を相手に商売をしているのか、人々から不思議がられていた。

もっとも昼間は、御材木蔵の役人や出入りの人足、木場《きば》からの鳶《とび》や職人らも通るので、昼飯が多少は売れたようだが、人気《ひとけ》のない夜になっても、行灯《あんどん》明かりで商っているのが、いかにも怪しげだった。

その店の中で、南町奉行所定町廻《じょうまちまわ》り同心の伊藤洋三郎《いとうようざぶろう》と岡っ引の松蔵《まつぞう》が、浅蜊《あさり》がたっぷりの深川飯を美味《うま》そうに食べていた。隅田川《すみだがわ》の川開き花火はとうに上がったというのに、今年は妙に海風が冷たかった。

「寒いな……」

何気なく洋三郎が言うと、元はやくざ者だけあって、松蔵はいかつい顔で返した。

「そうでやすか。あっしは結構、美味いと思いますね」

「おまえ、近頃、耳が遠くなったか。俺は寒いなと言ったんだ。不味《まず》いなとは言ってない。こんな店にしちゃ、美味え」

「こんな店は余計でしょ。あっしはたまに立ち寄りますぜ。この店の女将《おかみ》はちょい

と年増だが、妙に艶っぽいのでね」

　チラリと厨房の中を見ると、板前の若い男の横で、能面のような無表情な襷《たすき》がけに姉さん被《かぶ》りの中年女が惣菜を刻んだり、煮物の味を確かめたりしている。その仕草はすっかり板に付いている感じである。

「――ここに間違いねえんだな」

　伊藤は微かに聞こえるほどの小さな声で訊くと、松蔵はわずかに声を強めて、

「なんですって。そんな小さな声で言うから聞こえねえんですよ。はっきりここに伝わるように言って下せえよ」

　と耳を指して文句を垂《た》れた。

　厨房から女将が目を注いだ。八丁堀同心と岡っ引が揉《も》めているのだろうかと思ったのか、優しい声をかけてきた。年増の割りには鈴が鳴るような若々しい響きだった。

「どうしたんですか、八丁堀の旦那。何かお気に召しませんことでも」

「いや、そうじゃないよ。この助平な岡っ引がな、松蔵ってんだが、女将に岡惚《おかぼ》れしてしまってな。おまえにゃ到底、無理だろうと諫《いさ》めてたんだ」

「そんなこと言ってないでしょうが」

　松蔵はすぐに違うと言ったが、女将の方はチラリと見ただけで、

「あら、まあ。嬉《うれ》しいことを」

と返した。

女将は口ではそう言ったものの、料理の方に気がいっているようだった。その様子が〝ツンデレ〟に見えて、また男心を擽《くすぐ》るのだ。だから近場の材木置き場などの男衆が立ち寄るのだろうなと、伊藤は感じていた。

「――この店は、長いのか。なに、俺も以前は本所方《ほんじょ》にいたこともあったんだが、立ち寄ったことがないものでな」

さりげなく訊《き》いた伊藤に、女将は顔を向けることもなく、

「ええ。父親がやってましてね、私が継いだんです」

「へえ、そうかい。いつ頃のことだい」

「もう五年ばかりになりますかねえ……その前の二、三年は父親が病だったので、店を閉めてたんですよ」

「どおりで……俺が本所深川を廻ってたのは、その頃だ」

「そうでしたか……」

さほど昔話はしたくなさそうな素振りの女将で、そこが謎めいている。おそらく昔は、芸者でもしていて、誰かに囲われたのかもしれない。その後で、独り身になり、若い板前を雇って商売をしたのかもしれぬと、伊藤は勝手に妄想していた。

「亭主は随分と若いようだが」

伊藤が茶々を入れるように言うと、女将は初めて表情がわずかに色づいて、

「まさか。板さんは、口入れ屋の紹介で来て貰ってるだけですよ」

「なるほど。働き者みたいだから、良かったなあ」

「ありがとうございます。これを縁に、たまには立ち寄って下さいまし。日暮れになると、お酒も少しは出しますので」

惣菜は酒のつまみのために、今から仕込んでいるのだと、女将は付け足した。

この店に松蔵が目を付けたのは、三日前のことである。

日本橋界隈の商家を見廻っていた時、木戸が閉まる頃、ひとりの旅姿の男がいそいそと通り過ぎるのを見かけた。その時、松蔵は何気なく見送っていたが、目の前を通り過ぎたとき、

――幸吉《こうきち》だ。

とすぐに分かった。

思わず声をかけようとしたが、逆に松蔵の方が顔を背けてしまった。

幸吉とは自分がやくざ者だった頃の遊び仲間である。もう十年近く前のことだが、幸吉を含む数人で、行商人に因縁をつけたり、賭場荒らしをしたり、女郎屋《じょろうや》の主人らを脅《おど》したりして、金目になることは何でもしていた。

そんな極道者が十手持《じっても》ちになっているなどとは、幸吉は思ってもいないのだろう。すぐ目の前を通ったのに、松蔵のことに気づきもしなかった。

他人のそら似ということもある。幸吉は慣れたもので気づかれずに、旅姿の男を尾けた。男は茅場町《かやばちょう》にある公事宿《くじやど》に入っていった。公事宿とは、関八州から江戸に訴訟に出向いてきた百姓たちが、しばらく逗留する所である。訴状なども宿の主人である公事師《くじし》が書いて、町奉行所などに届けることが多かった。

松蔵は公事宿の主人から、今しがた宿入りした者の素性を尋ねた。伊藤や松蔵とは日頃から顔見知りの主人は、御用の筋だと思って素直に応じた。

宿帳には——『上州小谷田郡雁山村《じょうしゅうこやたぐんかりやまむら》・左平次《さへいじ》』とある。

それを見て松蔵はまた驚いた。

記されていた住所は、自分の生地で、十二歳の頃までいたからである。若い頃、幸吉を一度だけ連れて行ったことがある。取り立てて何があるわけではない、ただの寒村だ。が、岩魚《いわな》がよく釣れるので、幸吉は歓喜して楽しんでいた姿を思い出していた。

幸吉は松蔵とは違って、ただの遊び人ではなく、自分の才能を活かせないで腐っていただけだった。持って生まれたとしか言いようがなく、絵がすこぶる上手い。見た物はそのまま描けるし、思いを膨らませて自由に描いても本職の者に引けをとらなかった。

浮世絵とか美人画なども本物と見紛《みまが》うほど立派なものに仕上げ、いずれは絵師になりたいと夢を抱いていた。だが、付き合っていた奴らが悪く、博奕《ばくち》や女に入れ込んで無聊《ぶりょう》を慰めていたのだ。

そんな幸吉に一度だけ転機らしきものが訪れた。浮世絵や黄表紙《きびょうし》などの版画図画を出している『雁金屋《かりがねや》』という版元の主人、嘉兵衛《かへえ》と出会ったのだ。一世を風靡した絵師や戯作者などを育てたという人物だった。

もっとも、松蔵から見れば、嘉兵衛というのはなんとなく怪しかった。現実に絵師などを抱えているし、騙《かた》りの類とは思えなかったが、そもそも書画骨董《こっとう》やら風流には縁のない松蔵は、絵が金になるということすら、胡散臭《うさんくさ》いと感じていた。

その理由は簡単だ。食い物や着る物は暮らしに必要があるから、原価に労賃などを足して代金となる。だが、絵や版画、壺などの焼き物は物によっては、何年も暮らせるほどの金に化ける。それで喜ぶ武家や裕福な商人はいるものの、騙りと何処《どこ》が違うのだと、松蔵は常々、思っていた。

しかし、才覚のある幸吉にしてみれば、

「絵は、ただの物とは違うんだ。人の心を打ったり喜ばせたりするんだ。だから、値を付けられるもんじゃねえんだ」

と口癖のように言っていた。

自分の才能に金を出してくれる人がいれば、もう阿漕《あこぎ》な真似はしなくて済む。大体が、人を困らせて金を得ようとする魂胆が、幸吉には性にあっていなかったのである。

「だがよ、幸吉……芝居とか見世物小屋だって人を楽しませるが、ちゃんと木戸銭ってえ決まった金がある。何十両、何百両も払って芝居なんぞ見るものはいねえだろうが」

松蔵は屁理屈をこねたが、幸吉は意に介さず、

「人気役者には、お捻りは幾らでも投げるじゃねえか。それと同じだよ」

と言うのだった。

松蔵の生まれ故郷である上州の雁山村に連れていったのは、そんな折だった。雁山という地名が気に入ったとかで、そこに仲間の絵師やら陶芸師らを集めて、〝芸術村〟を作る目論見を立てていたからだ。

『雁金屋』というのは、かの尾形光琳《おがたこうりん》が生まれた上層階級の呉服問屋の屋号だ。版元は勝手にそれを使っているだけだが、自分もそれにあやかりたいと思い、『雁山屛風』という光琳並みの作品を描いて、江戸の豪商に売りたいという夢があった。

だが、思うように仲間は集まらず、ひとり閑居《かんきょ》していても腕も上がらないという

ことで、すぐに江戸に舞い戻ったのだ。そして、再び『雁金屋』に世話になったのだが、待っていたのは、幸吉の絵ではなくて、〝模倣絵〟という仕事だった。

著名な仏画や水彩画はもとより、狩野派《かのうは》や長谷川派、琳派《りんぱ》などの名画、はたまた浮世絵や美人画などを真似て描く絵師として、雇われたのである。もちろん、贋作《がんさく》作りとは違う。絵の大きさも色合いもまったく別物なのだが、庶民でも楽しめるように、刷り物として廉価で量販する類のものだった。

しかし、幸吉と同じような作業をしていた者たちの中には、不満を抱く者も出てきた。絵を描くのは楽しいが、『雁金屋』の金儲けに利用されているだけと勘づいたのだ。

その仲間に、佐乃助《さのすけ》と東兵衛《とうべえ》という絵師がいた。いずれも少しは名のある者だったが、その名で売れるほどではない。かといって、絵心のある者なら誰でもできる〝模倣絵〟を描いて糊口《ここう》を凌《しの》いでいる程度の者ではない。

――なんとか自分たちの画風を作り上げて、昔の俵屋宗達《たわらやそうたつ》や尾形光琳のようになろうではないか。

と誓い合ったのである。

その思いを『雁金屋』の嘉兵衛は認めて、売り出してやろうと約束した。だが、ひとつだけ条件があって、狩野永徳《かのうえいとく》や長谷川等伯《はせがわとうはく》、俵屋宗達などの〝贋作〟を描けというものだった。今度は、模倣しただけのものではなく、本物として売るための偽物の絵を描けというのである。

幸吉ら三人は、それだけ自分たちの実力が認められたと思い、せっせと幾つかの作品を作り上げた。しかし、贋作が世間にバレてしまい、『雁金屋』は窮地に立たされた。嘉兵衛は、

「私は知らないことだ。こやつらが勝手にやったことで、本物だと持ち込んだのだ」

と言い張った。

それでも、嘉兵衛は南町奉行所で、贋作作りの咎《とが》で終生遠島《えんとう》となったのだが、肝心の絵師たちは、姿を晦《くら》ましたのだ。自分たちはやらされただけで、贋作を売って濡《あわ》れ手で粟で儲けたわけではない。自分たちも被害を受けたのだという思いで、煙が消えたように江戸から逃げたのだった。

その後は、三人が何処で何をしているかは、松蔵も知らない。贋作騒動が起こった当時、松蔵も奔走しており、なんとか幸吉を救ってやりたいという思いがあった。だが、その気持ちは届かず、行方知れずになり、事件も嘉兵衛の処分で幕が閉じられたのだった。

——幸吉だ。間違いねえ。

と思わぬ再会をした松蔵は思った。

すぐにでも部屋に飛び込んで、事情を訊こうと思ったが、公事宿には何やら怪しげな浪人者がふたりばかり入り、幸吉と密談をしている節があった。

松蔵は岡っ引の勘が働いた。江戸に舞い戻ってきて、また新たな贋作作りをするとか、何か悪巧みをしているに違いない。そう思って、密かに様子を窺《うかが》っていると、

「三日後の暮れ六つ。深川岩井橋袂の絵馬堂で……」

という声だけが聞こえたのだ。

岩井橋袂には絵馬堂はないが、閻魔《えんま》堂がある。松蔵の聞き間違えだったのだろう。この御堂はかなり古くて、小さな閻魔を象った像が中に鎮座しているが、誰も手を合わせる者はいなかった。岩井橋というのも元々は、悪い奴が閻魔に地獄に送られて、祝った橋だという。

その閻魔堂を丁度、見ることができるのが、この『天狗屋』という寸法だ。ゆえに、贋作一味を改めて捕縛《ほばく》するために、松蔵は伊藤洋三郎を煽てて、見張っているのであった。

「――間もなく暮れ六つだぞ。本当にここに間違いないのか……おい、松蔵。聞き間違えじゃないだろうな」

心配そうに伊藤が声をかけながら、橋の反対側の袂にある閻魔堂を見やったとき

——逢魔《おうま》が時らしく、はっきりとした顔が見えないが、明らかに幸吉が立った。そして、今ひとり旅姿の男ふたりが、橋の向こうから駆け寄るように歩いてきた。

「旦那……現れやしたぜ」

松蔵が呟いたとき、いつになく伊藤にも緊張が走った。

三

岩井橋を渡り終えた旅姿の男は、閻魔堂の前に立って、

「幸吉か……いや、懐かしい……十年一昔というが、もう三十年も五十年も」

と手を握りしめた。

声をかけてきたのは、初老といってよかろう。顔には皺が広がり、笠の下の髷《まげ》や鬢《びん》も白いものが多かった。

道中急いでいたのか、旅姿の男の手は汗でびっしょりだった。それは長年の苦労の汗とも感じた。ごつごつしていた手が、さらにざらついた骨張った手になっている。

「お互い大変な思いをしたな……」

目と目を見合って、どちらからともなくそう言った。

幸吉は何度も頷《うなず》くように頭を振り、

「近くの小さな旅籠《はたご》を取ってる。今夜はそこで酒を酌み交わしながら、ゆっくり来し方を話そうじゃないか」

と誘った。

「あの店でもいいぜ」

顎《あご》をしゃくった旅姿の男の先には、『天狗屋』があった。ほんのりと灯りがともり、暖簾《のれん》が川風に揺れている。

その暖簾の柄を見て、幸吉は「おや」と首を傾げた。

団扇《うちわ》に鼻の大きな天狗の顔が描かれているのだが、明らかに見たことのある紋様だった。今時、何処にでもあるといえばあるが、十年ほど前に、ある小間物屋に頼まれて、自分が描いた意匠だった。

「――どうした、幸吉……」

「いや、なんでもねえ」

答えた幸吉の目には、店の中で飯を食っている町方同心と岡っ引の姿が見えた。ふたりとも、さりげなくこっちを見ている様子にも気づいた。厨房の方には女将らしき女の後ろ姿と板前の姿も窺える。

「嫌な予感がするな」

幸吉がぽつりと言うと、旅姿の男も同心の姿を目にして頷いた。ふたりとも逃亡暮らしが長かったせいか、良からぬことには鼻が利くらしい。ふたりは顔を伏せるようにして、小名木川の船番所の方へ歩き出した。

船番所の近くには、幾つかの宿屋がある。夕暮れになると荷船の往来が禁止になるため、翌朝まで船頭や人足たちが留まるためのものだった。木賃宿に毛が生えた程度の宿である。

その一角の『笹屋《ささや》』という旅籠《はたご》に、幸吉は旅姿の男を招き入れた。二階の部屋に通されて荷物を下ろした男は、改めて深い溜息をついて、白い鬢を整えながら、

「苦労かけたな」

と優しい声をかけた。

「佐乃助《さのすけ》さんこそ、随分と大変な思いをなさったようで……」

幸吉から見れば一廻り以上の年であろう。座ると背中が丸くて小さく、余計、年寄りじみて見えた。

女中が運んできた酒徳利を、幸吉は無造作に摑《つか》むと、大きめの猪口《ちょこ》を手渡して、

「さあ、佐乃助さん、やってくれ。楽しい話をしようじゃないか」

「ああ、そうしたいのは山々だが、昔ほど酒は飲めなくなった。でも、今宵は特別だ。おまえの顔も見られて嬉しいよ。十年も経ってるのに、あまり変わらないな」

「いやいや、もう三十も半ば過ぎですからね。寄る年波には勝てぬって奴です」

「それは、こっちの科白だ。あはは」

ふたりはお互い何処で何をしていたかを話した。

幸吉は川越《かわごえ》の外れ、荒川《あらかわ》が臨める田舎で、野良仕事をしながら、せっせと絵を描いていた。自分なりの絵も描いたが、江戸で再び贋作作りをするために、尾形光琳の真似も随分としたという。だが、田舎には光琳の絵や屛風などを置いているところはない。昔見た絵を思い出しながら、描いていたのである。

佐乃助は上総《かずさ》一宮《いちのみや》の海辺で、漁師の真似事をしながら暮らしていたという。漁師といっても引き網だから、背中を痛めたらしい。網の修繕も大変で、体が丸くなったのもそのせいだと愚痴《ぐち》った。それでも、曜変天目茶碗《ようへんてんもくちゃわん》のような高価なものの贋作を作るために、日々努力していた。

つまりふたりは、改めて贋作を作るために、江戸に舞い戻ってきたのである。

「でも、まさか……本当に十年後の今月今夜、あの閻魔堂で会えるとは思ってもみなかったぜ……俺は誰も来てねえと思ったよ。東兵衛はどうしてるのかな」

佐乃助が訊くと、幸吉は楽しそうに、

「それがな。聞いて驚くな……まあ、いいや。後のお楽しみってことで」

と微笑みかけた。

「俺は三日前に江戸に着いてたんだが、新しい仲間たちと日本橋の宿で会った。今度の後ろ盾は、版元ではなくて、『近江屋』という公儀御用達《ごようたし》の呉服問屋だ」

「呉服問屋……」

「色々な大名やら旗本、お大尽と付き合いがあるから、贋作を捌《さば》くにはもってこいだ」

幸吉は少しばかり、底意地の悪そうな顔つきになった。

「あの折は、『雁金屋』の嘉兵衛さんには申し訳ないことをしたが、あいつだって散々、いい思いしたのだから、こっちまで捕まることはねえ。お陰で十年もの長い歳月を無為に過ごしてしまった」

「だが、こうして会えた……」

「この間、俺も自分なりに身を立てようとしたが、所詮《しょせん》は物真似に過ぎない。これからは少しくらい楽してもいいだろう」

「そうだな。何もこっちは寝て暮らしてるわけじゃない。その『近江屋』さんとやらに世話になって、十年分の垢《あか》を綺麗さっぱり落としたいもんだ」

「今度こそ、いい夢を見られますよ」

嬉しそうに相好《そうごう》を崩して、酌《しゃく》を続けた幸吉は、どこか自信に満ちていた。今度こそは、ぬかりなく、贋作作りに命をかけることができると思っていた。

そこに、女中が食べ物と追加の酒を運んできた。そのときである。

「どけどけ」

乱暴な声があってから、松蔵が乗り込んできた。すぐ後ろからは、伊藤が目を細めながら、懐手で様子を見ている。

「幸吉……久しぶりだな」

唐突に松蔵から名を呼ばれて、幸吉は一瞬、顔が引き攣《つ》ったが、先刻の『天狗屋』にいた町方同心と岡っ引だろうと気づいた。やはり、自分は見張られていたのかと不安に思うと同時、江戸から随分と離れていたのに、なぜ睨《にら》まれていたのかが不思議だった。

「まだ分からねえのか、幸吉。この顔に覚えがねえとは言わせねえぜ」

いかつい顔を松蔵が突きつけると、今度はヒイッと奇妙な声を上げて、幸吉は腰を上げようとした。その肩を十手で抑えて、

「思い出したようだな」

「ま、松蔵……おまえ一体、何の真似だ」

「おまえと違って俺は、すっかり極道からは足を洗い、こうして世の中のゴミを掃除してるんだよ。おう、幸吉。ここで会ったが百年目。覚悟しな」

「な、なんの話だ……」

「十年前の贋作の一件……つまりは騙りだ。騙りは下手すりゃ死罪だ。それだけの罪に加担しておきながら、『雁金屋』だけを悪者にして、てめえたちは楽しい浮き世三昧とは、ちょいと虫が良すぎねえか」

松蔵はからかうように言ったが、幸吉の方はすっかり狼狽《ろうばい》した態度で、

「喧嘩に明け暮れ、情け容赦ねえおまえが、十手持ちとは恐れ入谷の鬼子母神《きしぼじん》だ。二足の草鞋《わらじ》ってなあ、関八州じゃよく聞くが、江戸でもやくざ者が十手御用とは、随分と風俗が悪くなったもんだな」

「おまえに言われたかねえやな。こっちはすっ堅気。おまえは未だに罪人であり、悪さをしてやがる」

「ちょっと待ってくれ……」

「言い訳なら、番屋で聞く。そっちの佐乃助だっけな、おまえも一緒にな」

強引な態度の松蔵に幸吉は、昔馴染みなのだから、話くらいここでしてくれと憐《あわ》れみを帯びた声で言った。

「いや、ならねえ。南町奉行所の伊藤洋三郎の旦那もおでまし願ったんだ。さあ、大人しく言うことを聞いた方が身のためだぜ」

「――それにしても、なんで俺のことが……」

「たまさか見かけたんだよ。だがな、この三日の間、俺もじっくりと張り込んだ」

松蔵はさらに十手を押しつけながら、

「日本橋の呉服問屋『近江屋』との繋《つな》がり、怪しげな用心棒の浪人ふたり、さらに誰かは知らないが、翌日には身分の高そうな武家の側用人《そばようにん》らしき侍……など、如何にも胡散臭そうな奴らと、おまえは密かに会っていたじゃねえか」

「……」

「ほら、何も言い返すことはできめえ。またぞろ贋作でボロ儲《もう》けしようって魂胆は、言わずともその面に書いてるよ」

耐えきれなくなったのか、佐乃助の方が立ち上がって、窓辺に向かった。だが、それよりも早く、伊藤は素早く近づき、相手の肩を取り押さえた。佐乃助は手摺《てす》りでしたたか頭を打って、その場に崩れた。

「ま、待てよ、松蔵……俺たちは本当に何も悪さなんざ……」

「だったら、なんで逃げようってするんだ。もはや容赦はしねえぞ」

松蔵は問答無用とばかりに、幸吉の腕を摑もうとした。

その瞬間、幸吉は隠し持っていた匕首《あいくち》をシュッと付き出してた。不覚にも腕を斬られた松蔵は、わずかにたたらを踏んだ。その体をドンと蹴り倒すと、翻《ひるがえ》って佐乃助を押さえている伊藤の背中に向かって、匕首を刺した。

「うわっ――」

伊藤はすんでのところで避けたが、匕首の切っ先が尻に命中した。伊藤が悲鳴を上げて手を放した隙に、佐乃助は抜け出し、荷物も置いたまま、幸吉とともに階段の下に転げるように下りた。

「いてて、このやろう……」

必死に立ち上がろうとした伊藤だが、尻が痛くてへたり込んでしまった。

「待ちやがれ」

松蔵は血濡れた腕を振りながら、猛然とふたりを追いかけた。旅籠の表に出たとき、まだふたりは雪駄《せった》を履きながら、もたついていたところだった。松蔵は裸足《はだし》のまま駆け出したが、そのときである。

ドスン——と重い物が闇の中から現れて、松蔵の下っ腹に激突した。大八車《だいはちぐるま》だった。その重みと勢いによって、松蔵は危うく下敷きになるところであった。

怪力の松蔵は必死に押し退けようとしたが、さらに力が加わってくる。

「逃げて！　逃げて、兄《あん》ちゃん！　早く逃げてえ！」

声の限りに叫びながら、大八車の取っ手を摑んで押してくるのは、さっき深川飯を食ったばかりの『天狗屋』の女将だった。

「——おい……何をするんでえ」

「早く、早く逃げて」

掘割《ほりわり》に向かって緩やかな傾きがあるせいで、女の力でも大八車は意外と強く松蔵を押しやった。女将は同じ言葉を吐きながら、死に物狂いで大八車を押した。

勢いが増したように、車輪が廻り、松蔵を巻き込むような形で、掘割に転落した。

ドボンと水音がして、松蔵が「こら、なにしやがる、このやろう！」と水面で叫んでいる声が響いた。

女将はすぐさま踵《きびす》を返してその場を離れたが、闇の中では幸吉が振り向いていた。

「兄ちゃんて……おまえ、まさか……お竹なのか……そうなのか」

声をかけたが、離れた路地の陰から、

「いいから、早く逃げて、早く！」

と女将は声を限りに叫び続けていた。その声は深閑とした町に響き渡り、すぐにあちこちから人が飛び出してきた。

「待ちやがれ、幸吉。ただじゃ済まさねえぞ、おら！」

掘割の中からは、松蔵の雄叫びも宵闇《よいやみ》を引き裂いていた。

そんな騒ぎを──。

今ひとり、少し離れた路地の黒塀《くろべい》の陰から覗《のぞ》いている者がいた。上等な羽織《はおり》を着た、いかにも富豪そうな商人風であった。

四

富岡八幡宮《とみおかはちまんぐう》表参道にある呉服問屋『雉屋《きじや》』の一室では、主人の福兵衛《ふくべえ》に昨日の事件について、伊藤が尻を押さえながら話していた。主人と言っても、隠居した身分であり、元々日本橋にあった店は息子たちに任せている。

呉服問屋の『近江屋』のことを聞きたかったからである。伊藤は何度も尻をずらして座りにくそうにしているので、福兵衛が気を使うと、情けない声で、

「ぐっさりと丁度、ケツの肉を刺しやがって、痛くて仕方がねえ。他の所と違って、妙に鈍痛というか、力が入らなくなるんだ」

と訴えた。

「深川養生所《ふかがわようじょうしょ》の藪坂清堂《やぶさかせいどう》先生にも診て貰ったが、結構、深く入ってるらしくてな……でも肛門に突き立てられなくてよかった。不幸中の幸いだなと笑ってたが……いてて」

「命あっての物種ですよ。で、『近江屋』さんが、その贋作作りとやらに関わりがあるとでも言うのですか」

福兵衛が訊き返すと、松蔵の方が包帯を巻かれた腕を撫《な》でながら、

「関わりがあるどころか、張本人だ」

と断じた。

「張本人……ですか」

訝しげに見やる福兵衛に、松蔵はいつになく神妙な顔つきになった。元が怖いから、聞いている方も緊張する。

傍らには、桃太郎君……ではなく、町娘に扮《ふん》した桃香《ももか》もいた。福兵衛の姪《めい》っ子という身分でである。

近頃は、江戸家老の城之内も、奥女中頭の久枝が同行すればということを条件に、ある程度は娘姿で町場を歩くことを黙認している。もちろん護衛の家臣はさりげなく付けているものの、桃太郎君は油断をするとすぐにいなくなるから、城之内としては気が気でない。

「まだ十分に調べてねえが、素性がよく分からねえんだ。『近江屋』てのは、公儀御用達らしいが、そんなに凄い店なのかい」

「そうですね……先代の吟右衛門《ぎんえもん》さんなら知っているのですが、当主は婿養子だと聞きましたよ。先代はもう亡くなってますし、娘さんも病がちで表にはほとんど出てきませんからね」

「婿養子か……ますます怪しいな」

「でもね、松蔵親分。先代の吟右衛門さんに限っては、贋作で儲けるなどと大それたことはしない人ですよ。『近江屋』さんは代々、公儀御用達として続く老舗のひとつですし、他のことをして儲けなければいけないような店じゃありません」

「てことは、婿が企《たくら》んだことってことか……」

「養子の名前はたしか、武左衛門《ぶざえもん》さんでしたかね。もし様子を探りたければ、私がさりげなく近づいてみましょうか」

「それはありがたい。お転婆御用聞きの桃香の伯父上ならば、うまく事を明らかにしてくれるってもんだ」

　松蔵はこれまでも、福兵衛が桃香の陰になり日向になって助けているのを承知していた。桃香が、門前仲町《もんぜんなかちょう》に居ながら、江戸市中の岡っ引の総元締めである〝もんなか紋三《もんぞう》〟親分のお墨付きで、十手持ちの真似事をしているのも知っていたからだ。

『近江屋』には腕利きの用心棒がおり、身分の高そうな侍も出入りしているから、十分に気をつけろと、松蔵は付け足した。

「出入りしている侍については、俺が調べてみる。いてて……」

　伊藤が尻をずらしながら言うと、桃香が笑いながら声をかけた。

「その大怪我では大変でしょうから、私が当たってみますわ。しばらく養生なさって下さいまし。どうせ事件の推察も外れますし」

「なんだと、小娘のくせに……」

文句を言い出しそうな伊藤が「いてて」と顔を顰《しか》めると、松蔵も苦笑し、

「たしかに旦那より、頭は冴《さ》えてるかもしれやせんね……それにしても、桃香ってのは、本当に町娘なのかい」

「えっ……」

わずかに困惑する桃香に、福兵衛の方が「そうですよ」と答えた。

「しかしよ、俺も何度か目の当たりにしたが、柔術は上手いもんだし、度胸も大したもんだ。それにしちゃ、どこか品がある」

ガタイは大きく喧嘩も強いが、少し口下手な松蔵にしては、弁舌が爽やかだった。

「品がある……生まれや育ちは隠せませんねえ。松蔵親分が察したように、もしかしたら桃香は、どなたか高貴な御方の御落胤《ごらくいん》かもしれませんよ、むふふ」

福兵衛が冗談で言うと、伊藤はなぜかムキになって、

「気持ち悪い笑いをするんじゃねえや。こんなお転婆がどこぞのお姫《ひい》様なら、俺は腹かっ捌《さば》いて詫びてやらあ」

と言うと、桃香は俄《にわか》に真顔になって、

「そうですね。これまでの無礼の数々、到底、許せるものではありますまい。屹度《きっと》、厳しく問い質すゆえ、篤と覚悟なされよ」

「……」

「どうしたのです」

「いや……その物言い、板に付いてると思ってな……」

伊藤が不思議そうな顔をしたとき、いきなり隣室から声がかかった。

「そりゃそうだ。讃岐綾歌藩の若君の許嫁《いいなずけ》なのだからな」

一同が振り返ると、そこには当たり前のような顔をして、菊之助《きくのすけ》が座っていた。

「いつの間に……」

桃香が吃驚《びっくり》して尋ねると、菊之助はニマニマ嫌らしい目つきで眺めながら、

「ここに来なきゃ、お目にかかれないからだよ、桃香ちゃん」

と、からかうように言った。

菊之助は『信濃屋』という、徳川家康が江戸入府《にゅうぶ》した折から続く、大きな材木問屋の七代目になる予定の若旦那である。

当主は代々、元右衛門《もとえもん》と名乗っているが、それは家康の元の名前、「元康《もとやす》」から一字戴いて付けられたという。それほど由緒正しい家柄で、地所もここ深川はもとより、江戸市中六十箇所余りを持つ大地主でもある。『雉屋』の土地も、いわば菊之助のものだった。

「讃岐綾歌藩といえば、恐れ多くも上様のご親戚に当たる。その若様と俺は、大き

な賭《か》けをしてるんだよ」

「賭け……」

伊藤が首を傾げると、菊之助は自慢たらしく答えた。

「そうですよ。この桃香ちゃんを俺に惚れさせることができなければ、五千両を若殿様にご祝儀として差し上げる。もし、桃香ちゃんが俺にぞっこん惚れて女房になったら、十万両を若殿様に差し出すことになってんだ」

「はあ……どっちにしろ綾歌藩に金が入るんじゃないか……それにしても、十万両とはこれまた話がでかすぎて嘘《うそ》臭い」

「口約束だが、武士に二言はないでしょう。俺にとっては、十万両が百万両かかっても、桃香ちゃんが欲しいんだよ」

高らかに言う菊之助を見て、伊藤と松蔵は呆れ顔を見合わせて、首を傾げてみせた。それでも菊之助は余裕の顔で、

「旦那方……三国一の花嫁ってのは、どういう意味か知ってやすか」

「そりゃ、この国と唐《から》、天竺《てんじく》に決まってるじゃないか」

「それだけじゃない。この世の中すべて、見える空、星の遥か彼方《かなた》までの中で、ひとりしかいない嫁のことなんだ」

「だから、そういう意味だって言ってるじゃねえか」

松蔵も相手にせぬとばかりに、手を振ったら、「いてて」と顔を歪《ゆが》めた。

「私はね、桃香ちゃん。おまえのことが……あ、そういや若君は桃太郎って名だが、同じ桃なのはどうしてだ」

「前世からの結びつきでしょう。悪いけれど、菊之助さん。私は若君一筋ですので、どうか諦《あきら》めて下さい。それと、桃香ちゃん……あなたに、〝ちゃん付け〟されると気持ち悪いので、やめてくれますか」

ビシッと桃香が言うと、伊藤と松蔵は大笑いをした。

「こいつは様アないな……人の心は金では買えないんだよ、若旦那」

伊藤が説教じみて言ったとき、菊之助は一両を差し出して、

「怪我の治療代です。でも、贋作の〝下手人〟は捕まえて下さいね」

下手人とは人殺しの罪を犯した者の意味だが、死罪や遠島に該当する極悪事件の〝犯人〟として使うこともあった。

「これは、若旦那……」

ころっと態度が変わった伊藤は、躊躇《ちゅうちょ》なく小判を袖の中に仕舞い込んで、

「若旦那も被害に遭《あ》われた口なのかな」

「実はそうなんだ。俺はこれでも書画骨董には目がなくてね。親父は商売商売で、金しか数えてないが、俺は歌舞伎《かぶき》や能狂言《のうきょうげん》はもとより、上等な絵や焼き物について

は嗜《たしな》んでいたつもりだが……いつぞや、尾形光琳の『八橋蒔絵螺鈿硯箱《やつはしまきえらでんすずりばこ》』だと言われて、つい買ってしまった」

尾形光琳はもう十五年程前に他界しているが、存命の頃から、俵屋宗達の再来ともてはやされている。琳派というのは、本阿弥光悦《ほんあみこうえつ》と俵屋宗達を始祖とし、近代まで活躍した芸術上の流派を指すが、当時はまだその名称はない。

「はは。若旦那にして、まんまと騙されたってわけか」

伊藤は小馬鹿にしたようにからかったが、菊之助は平然と、

「それほど、まごうかたなき本物に見せたということだ。つまり、それほどの腕の持ち主ということだから、逆に言えば贋作などに手を染めず、己の技を磨けばいいんだ。そのためなら、俺は幾らでも後ろ盾になってやるのになあ」

と持論を述べた。

「少なくとも、伊藤の旦那にやった一両のように無駄にはならないと思う」

「旦那、なんということを……」

「だったら、早く見つけ出して下さいな。宿まで追い詰めて逃げられるとは、あまりに情けないじゃありませんか」

「だから、それは……あの店の……なんだっけ……」

伊藤が首を傾げると、松蔵が引き継いで、

「深川は岩井橋の『天狗屋』という飯屋ですよ。そこの女将が、突然、現れやがって、この俺を掘割に突き落として、『兄ちゃん、逃げて！』って……幸吉のことだか、佐乃助の方かは分からねえがな」

「『天狗屋』の女将……？」

驚きの目になる菊之助を、伊藤は訝《いぶか》しげに見やった。

「知ってるのかい」

「ああ、知ってるもなにも、その店の地所もうちだからね」

「えっ……先代から継いだって話してたが、あの後、すぐに店を訪ねたら、もう店は閉めてて、今朝も誰もいねえんだ」

松蔵が悔《くや》しさ混じりに言うと、菊之助は小首を傾《かし》げながら、

「どうも、妙だとは思ったんだよな……」

「何がだい」

「たしかに、『天狗屋』は昔からあるが、三年程前に主人が亡くなって店を閉めた。縁者はいないから、空き家だったんだが、去年の今頃、ふいにあの女が現れて貸してくれと」

「てことは、親父を継いだって話は嘘……」

「こっちも貸す身だからね、一応は素性を調べた。そしたら、昔はたしかに柳橋《やなぎばし》で

芸者をしてて、一度は旦那に引き取られたが……ええ、私も知ってる絹問屋です……でも、折合いが悪くて分かれたとかで、店を出すとね」

「――ふうむ……こりゃ、やはり何かあるな……幸吉と繋がってるな……」

伊藤は納得して手を叩き、女将の素性も自分が推察したことに近いと喜んだ。松蔵の方は神妙な顔になって、

「そういや……奴は、幸吉のやろうには、ひとり妹がいたと言ってたな……けど、俺は会ったことがねえ……幼い頃、離ればなれになったとは話してたが……」

と呟いてから、菊之助の顔を見た。

「若旦那。その女将のこと、ちょいと調べてくれませんかね。あっしには、あんなろくでなしの幸吉と、あの女将がつるんでたなんてことは、ねえと思うんでやす」

「惚れた弱みか、ばか」

吐き出すように伊藤は言ったが、松蔵は真剣なまなざしだった。菊之助はお安い御用だと、ふたつ返事で了解した。

そんな様子を見ていた桃香も、

――やっぱり、お城勤めなんかより、捕り物の方が、ぜったいに楽しい。

と胸の中に、熱いものが広がってきた。

五

菊之助の調べによって、『天狗屋』を貸した女はすぐに分かった。伊藤と松蔵が、幸吉らを取り逃がした一件から、二日もかからなかった。女将は、お竹という三十絡みの年増だが、前に雇われていた芸者の置屋《おきや》に身を隠していたのである。

そこに菊之助が現れたときには、お竹は吃驚して、身動きできなかった。店を借りるときには、芸者だったことを話してなかったからである。それに、御用の筋と関わりがあるとも、お竹はまだこのときは、考えてもみなかった。

「若旦那……申し訳ありません……急に体を壊してしまって……でも家賃は払います。ええ、今すぐにでも……」

お竹は恐縮したようにシナを作った。芸者をしていた頃の艶やかさや色香がまだ残っているせいか、随分と年上だが、菊之助ですらゾクッとするほどのいい女だった。

「金のことはいいんだ。少し話を聞かせてくれないかな」

「話……」

「雇っていた板前も、いきなり辞めさせられて驚いてた。もっとも口入れ屋ですぐに次の店は見つかったようだが」

「そうですか……それはよかった……」

「他人事みたいに言うなよ」

「あ、これは、相済みません……」

お竹は体の調子が悪そうな芝居をしたが、それも嘘だと菊之助は見抜いている。

「実はね、なんだかよく知らないけど、うちにもよく出入りしている伊藤洋三郎様、南町奉行所の同心が刺されたとかで、下手人探しに町方は大わらわ。松蔵って岡っ引も掘割に溺れて死んだから、大騒ぎだってさ」

「し、死んだ……!?」

驚愕のあまりお竹は、餅でも喉《のど》に詰まったかのようになって、息を飲み込んだ。

「どうしたんだい」

「あ……いえ……なんでも……」

「でな、その時、おまえさんに似た人を見かけたってのがいるんだが、本当かい。その場にいたのかい」

「いいえ……」

お竹はすぐに首を横に振った。

「知らなきゃいいんだけどな、ほら、一応、おまえさんはうちの店子だから、何かあったら厄介だからと思ってな。すまないな、関わりないなら、それでいいんだ」

安堵したように言う菊之助に、お竹は申し訳なさそうに項垂《うなだ》れた。だが、本当のことは語らなかった。

「で、お竹さん……店の方はどうするんだい」

「しばらく、休もうと思ってます」

「どうしてだい。近場の人足たちは『天狗屋』がなくなったら、昼飯を食う所がなくなっちまうわなあ」

「だ、誰か他の人にやって貰えれば……」

曖昧に言うお竹を、菊之助はじっと見据えて、

「なんで、あんな所の店を借りたんだい。売れっ子芸者で、身請《みう》けしてくれた旦那さんとは別れたとはいえ、結構な手切れ金を貰ったはずだ。店をやるにしても、この柳橋辺りでもいいし、両国橋《りょうごくばし》西詰めとか幾らでも繁華な所があるはずだ」

「……」

「深川でも門前仲町辺りなら人の出も多くて分かるが、あんな猿江の方でわざわざってのが、どうもな……」

菊之助はそこまで言ってから、

「ま、いいや。俺には関わりないことだ。辞《や》めるなら辞めるで、はっきりしてくれ。いいですね、お竹さん」

と丁寧に言って立ち去ろうとした。

背中を向けたが、後ろでお竹が涙声で震《ふる》えているのが分かる。菊之助が振り向くと、縋《すが》るようにお竹の方から、話し始めた。

「若旦那……私のせいなんです……松蔵親分が溺《おぼ》れ死んだとしたら、それは私の……」

「どういうことだい」

「ですから、幸吉のせいじゃありません。伊藤の旦那を刺したのも私なんです」

切羽《せっぱ》詰まったような言い草に、菊之助は置屋の女将に断って、ふたりだけになった。まるで自分が岡っ引にでもなったような気分だった。桃香への妙な協力心があったのかもしれない。

「――私は、品川宿の外れにある小さな一膳飯屋の娘でした。父親は早くに亡くなり、店は母ひとりで切り盛りをしてました。女手ひとつで、兄の幸吉と私を育ててくれたんです」

「だから料理は御手の物なんだな」

「もう十年も前のことです……私はすでに半玉《はんぎょく》を終えて、一端《いっぱし》の芸者になっていた頃でした……幸吉はあまり素行は良い方ではなかったけれど、決して悪人とかじゃありません。江戸に来て、絵師になるんだと夢を語ってました。でも、ある夜……」

役人に追われた幸吉が、品川宿の母親の飯屋に逃げてきたという。他にも絵の仲間というのがふたりいたらしい。それが、佐乃助と東兵衛であろうことは、菊之助にはすぐに分かった。

「これは、後で母親から聞いた話です……おしのといいます」

おしのは、幸吉を含めて三人をとりあえずは匿《かくま》った。事情がはっきりするまで、守るのが親としての務めだと思ったからである。

贋作に手を染めて、その元締めは捕まったが、自分たちは逃げているということがすぐに分かった。おしのは、恐れながらと申し出ることを勧めたが、捕まれば重い刑は避けられないと言って、幸吉たちはしばらく身を潜めていた。

「兄としては理不尽だと思ったのでしょう……自分たちは贋作を本物と偽ってるわけじゃない。偽物を楽しんで貰うために作っていたんだ……そう言い訳をしたそうです」

「……」

「たしかに、それなりの値で売っていたのですが、知らない間に本物として売られていたのだと、兄は言い張っていたそうです。だから、自分たちには罪はないと。俺たちも騙《だま》されていたのだと……でも、どこまで本当のことかは分かりません。だって……」

「だって……？」

「兄ちゃんは……けっこう悪さばかりしてたから……」

お竹は、兄から、兄ちゃんに呼び方を変えて、涙ながらに続けた。

「それでも私には優しかった。相手がどんなに強い怖い奴でも、私のためには体を張って守ってくれた。だから……」

そんな性分であることを、母親もよく知っていたから、幸吉の言葉を信じて、匿っていたという。しかし、追っ手は幸吉の実家も探し出し、御用の手が迫ってくる。

「このままでは、みんな捕まる。一旦、別れよう。三年もすりゃ、ほとぼりも冷める。そしたら、また一緒に贋作作りに励もうじゃないか。そうしよう」

と幸吉は仲間ふたりに話すと、佐乃助と東兵衛も同意した。そして、三人はバラバラに別れていった。その際、幸吉は母親に対して、妹のお竹に簪《かんざし》でも買って、暮らしの足しにしてくれと二両ばかり置いていったという。

「――それから丁度、三年くらいして、ふいに兄ちゃんが、この置屋に現れたんです……私は事情は知ってたけど、驚きました」

「では、その時に……」

「いいえ、仲間とは再会できなかったそうです。そりゃそうですよね……また会おうと言っても、三年も離ればなれになっていたら、きっと疎遠になります……母親もその間に、兄ちゃんのことを案じながら、流行病で亡くなりました」

お竹は小さく溜息をついて、菊之助を見つめ直した。

「その頃は、兄ちゃんは川越の外れの方で、暮らしていたそうです。絵の修業もしてたと話してました。だったら江戸にいればいいのにと私は勧めましたが、なぜか兄ちゃんは私の顔を見に来ただけだと言って、立ち去りました……丁度、その頃、身請けの話が出ていたので、私の方がぞんざいに扱ったかもしれません」

幸吉とはその時に別れたきり、会っていないと、お竹は付け足した。

「どうして、深川なんかに店を……」

菊之助がもう一度訊くと、お竹は少し困ったような顔になって、

「さあ、どうしてでしょう……気紛《きまぐ》れと言ってもいいかもしれません……身請けしてくれた旦那は悪い人ではありませんが、女癖が悪くて、私には手を上げてばかりで」

と辛そうに言った。

「私は旦那の店を追い出されて、深川永代寺《えいたいじ》裏で、長屋暮らしをさせられてました。

そこへ、何の前触れもなく『近江屋』という呉服問屋の主人が訪ねて来ました」

「えっ……武左衛門さんのこと」

「ご存じですか」

「知っているというほどではないが……」

菊之助は『雉屋』での話を思い出していたのだ。

お竹は武左衛門が現れて、困惑したという。

「私は知らない人でしたが、兄ちゃんと会いたいのだが、居場所を知らないかと訊くんです。私はもう付き合いもないし、分からないと答えると、一度は残念そうに帰りました……それからしばらくして、今度は嬉しそうに、『連絡がついた。また三人でいい仕事ができる。そうなれば、あなたもこんなつましい暮らしをせずに済みますよ』……そう言って、お金を少し置いていきました」

何のことか分からなかったが、

――三年後の今月今夜、深川の閻魔堂で会う約束をした。

ということだけは、はっきり伝えられたのである。

「その時は聞き流していたけれど、何となく嫌な予感がして、私は閻魔堂の近くに丁度、開いていたあの店を借りたのです」

「まさか、兄貴に会うために……」

「そうです。後で、武左衛門さんを訪ねて、兄ちゃんの居所を訊いたけれど、なぜか教えてくれませんでした。報せがついたのに分からないなんておかしい……でも、佐乃助という人も一緒に、会おうと約束したというのです」

「……」

「私はそのことだけを頼りに、今一度、兄ちゃんに会ってみたい。会って、色んなことを話したい……ただただその思いだけで」

「なんとも無謀なことだな」

「でも、嫌な予感というのは当たりました……やはり贋作の罪は消えておらず、お上には睨《にら》まれていたのですからね」

閻魔堂の前で、幸吉と佐乃助が再会したところは、お竹も店の中から目にしていた。すぐに幸吉だと分かったという。

その時、伊藤と松蔵は迷うことなく、ふたりを尾《つ》け始めた。

——きっとお縄を掛けられる。

そう察したお竹もまた、幸吉を追いかけ、捕縛されそうになったのを見たので、考える間もなく助けたのである。

「でも、松蔵親分を掘割に落としたのは私です。兄ちゃんじゃありません。私が殺したんです。ですから、兄ちゃんは……」

「大丈夫だよ」

菊之助は優しく制して、

「松蔵親分は死んじゃいないし、伊藤の旦那もケツを刺されただけだ」

「えっ……」

意味が分からないお竹は、口を少し開けてポカンとしていた。菊之助は色男ぶって微笑みかけると、

「今の話、きっちり伊藤様にもした方がいいと思うぜ。でないと、おまえさんまで幸吉の仲間にされちまう」

「どういうことですか……」

「まだハッキリとはしてないが、この何年か、たぶん贋作作りに精を出していたんだろう。鳴りを潜めていたというより、次の悪さをするためにね」

「……」

「私もとんだものを『近江屋』には摑まされたから、ちょいと調べていたんですよ」

菊之助の微笑みを、お竹は却《かえ》って不気味そうに見ていた。

六

その頃——幸吉と佐乃助は、日本橋の呉服問屋『近江屋』の離れにいた。旅籠『笹屋』から逃げたふたりは、そのまま人目を避けるようにして、ここまで辿り着いていたのだ。

主人の武左衛門は姿を現さないが、番頭の弥兵衛《やひょうえ》が食事などの面倒を見てくれていた。幸吉は落ち着いた顔をしているが、佐乃助は不安げだった。

「本当に、ここ『近江屋』の主人はあの東兵衛なのか……」

「ああ、そうだ。俺も初めて来たときには吃驚したけどな。上手い具合、先代の娘に婿入りして、名も武左衛門と名乗ってる」

「どうして先に言ってくれなかったんだ」

「吃驚させてやろうと思ってよ……そしたら、あの捕《と》り物騒ぎだ」

幸吉は三年前に、武左衛門こと東兵衛から報せがあったことを話した。また一緒に贋作作りをしようと持ちかけられ、金に困っていた幸吉は、取り急ぎ幾つかを作り、この二年をかけて、尾形光琳の絵を描いて、東兵衛に送り届けていた。

「どうせ、おまえも腐って暮らしてるだろうと思ってな。もう一度、一緒に江戸で花を咲かそうと思ったのだが……まさか、あの松蔵が岡っ引になってるとは……」

「俺たちのことが、お上に筒抜《つつぬ》けだったということか」

「それにしちゃ、捕り物はあのヘボ同心とふたりだけだった。奉行所を挙《あ》げてのことじゃねえ気がする」

「では、一体どういうことだい」

「俺にも分からねえ。でも、同心を刺したし、雲隠れするしかねえな」

「おいおい、俺を巻き込むなよ……」

情けない声になった佐乃助は、江戸に舞い戻ってきたことを悔いたようだった。

しかも、東兵衛のことは、あまり信用していないようだった。贋作作りのために、自分たちの手を借りたいと申し出があったのも、胡散臭《うさんくさ》いといえば胡散臭いことだった。

「おまえも承知していたと思ったがよ……東兵衛はありゃ、かなりの悪党なんだぜ」

「そんなことを言えば、俺たちだって同類じゃないか」

「そうじゃなくてよ……『雁金屋』の主人、嘉兵衛が遠島になったのも、あいつのせいじゃねえか……俺たちがお縄にならねえように、東兵衛が細工したんだ」

「……それは言いっこなしだぜ」

幸吉は聞く耳を持たぬとばかりに、横を向いた。だが、構わず佐乃助は忌々《いまいま》しそうに愚痴を零し続けた。

「そもそも、おまえが絵を描き、俺が陶器を作り、東兵衛が墨書するのが役割だった……それが、いつしか東兵衛は親方気取りだ。『雁金屋』を唆《そそのか》して贋作を捌《さば》かせ、てめえがやばくなったら、ぜんぶ嘉兵衛に押しつけた」

「……」

「嘉兵衛にしてみりゃ、踏《ふ》んだり蹴《け》ったりじゃねえか」

「俺はそうは思わねえ。こっちは手間暇かけてこさえてるんだ。嘉兵衛は濡れ手で粟で儲けただけだ。お互い様だよ」

「でもよ、幸吉……おまえ、本当にまたぞろ贋作をしようってのか。本当はてめえの腕を活かしたいために、江戸に舞い戻ってきたんじゃねえのか、辛《つら》い修業をしてよ」

「いや、所詮は偽物なんだよ」

「俺もこうやって、のこのこ江戸に出てきたが、近頃は年のせいか、その辺の長屋の連中が使う茶碗を焼いてりゃ、それでいいんじゃねえかとも思ってる。女房子供がいるわけでもねえし、食い扶持《ぶち》がありゃそれでいい」

「それが本音とは、到底、思えねえがね。誇り高き佐乃助は何処へ行っちまんだ」

そんな話をしているところへ、武左衛門が入ってきた。

　ふたりとも気づいてはいないが、旅籠で伊藤たちに捕らえられそうになったとき、近くの路地から様子を見ていた富豪風の商人である。武左衛門はふたりの前に座り、改めて懐《なつ》かしそうに手に手を取った。

「幸吉には先日、会ったが、佐乃助も壮健そうでなによりだ」

　佐乃助は武左衛門の顔をまじまじと見ながら、

「いや、見違えた……どう見ても、昔のおまえじゃねえ……立派な大店の主人だ」

と謙《へりくだ》ったような目になった。

「事情は粗方、承知したが、私の手違いといえば手違いだ。このとおりだ」

　素直に頭を下げて、武左衛門はふたりに謝った。

「昔馴染《なじ》みとゆっくり酒でも酌《く》み交わしたいのは山々だが、私も一応は、公儀御用達の呉服問屋なのでな、大奥などに運び込む反物の調達や仕立てなどで忙しくしてるんだ。勘弁しておくれよ」

「……」

「でも、そのお陰で、公儀のお偉方《えらがた》や大奥にツテができた。これからは金に糸目を付けない連中に、おまえたちの傑作を売り込むことができるんだ。宜しく頼むよ」

　武左衛門が微笑みながら手を合わせると、佐乃助は憮然《ぶぜん》とした顔で、

「おいおい。俺は贋作を作るとは、まだ約束はしてねえぜ」

と強い口調で言った。

「それはそれは……では、何をしにここに来たんだい」

「幸吉やおまえに会いたかったからさ。まあ、かく言う俺もまだ迷っちゃいるがな、それというのも昔ほど上手くできる自信がねえからだ。分かるだろう、東兵衛」

「東兵衛と呼ぶのはよしてくれないかね。今は、近江屋武左衛門なんだよ」

冷ややかに言う武左衛門に、佐乃助は嫌味たらしい顔になって、

「じゃ、武左衛門様。俺たちを呼びつけて、やりたいことは何なんです。懐かしむためじゃありますまい。公儀の偉い人や大奥に、光琳の絵や曜変天目、弘法大師《こうぼうだいし》の書なんぞを売りつけるためじゃないんですかい」

と責め立てるように睨んだ。

「そうハッキリと言われては身も蓋《ふた》もないが……ま、そういうことだ」

「やはり……」

「おまえたちは昔馴染みだから、正直に話しておくが、私はこの店の財力を使って、深川の十万坪の外れに大きな工房を作っている」

「工房……」

「ああ、幸吉、おまえがやりたがってた〝光悦村〟みたいな所だよ。贋作を作るた

めではあるが、腕利《うでき》きの絵師や陶芸師を集めて、一緒に暮らしながら研鑽《けんさん》しているんだ。丁度、おまえたちが待ち合わせた閻魔堂の近くなんだがね。一度、見に行ってくれないか」

「そうなのか？」

　幸吉は前のめりになって訊き返した。

「私はね、どうしても、おまえたちの腕が欲しいんだよ。でなきゃ、いい贋作はできやしない。大名や大身の旗本はそれなりに目が肥えているからねえ」

「いい贋作とは言い得て妙だな。よし乗った」

　幸吉は威勢のよい声を上げたが、佐乃助は疑り深い目のままだった。

　その時、手代がいそいそと来て、

「旦那様、旦那様……宇都宮《うつのみや》様が参りました。すぐに会いたいとのことです」

「なんだね、血相を変えて」

「宇都宮様の方が、何やら怒っていらっしゃる様子で、いつもと違って怖い感じです……」

　肩を震わせるように手代が伝えると、武左衛門はふたりに寛《くつろ》いでいてくれと言って、座敷の方へ移った。

　店のすぐ奥に入った座敷には、厳格そうな何処かの家臣風の侍がすでに座しており、武左衛門が来るなり、怒声を浴びせた。

「殿に恥をかかせおって。危うく、こっちは切腹ものだ」

「如何なさいましたか、宇都宮様」

「おまえが一押しの狩野山雪《さんせつ》の『雪汀水禽図屏風《せっていすいきんずびょうぶ》』のことだ。上様に差し上げたのだが、偽物だとバレてしまったのだ」

「えっ……」

「先だっての〝八朔の儀式〟の折にも使っていたそうだ。万が一、あれが偽物だと大名や旗本たちに知られれば、上様の権威にも傷がつきかねぬぞ」

狩野山雪とは、徳川家に保護された狩野探幽《たんゆう》という本家筋ではなく、〝京狩野〟と呼ばれた一派の祖である。山雪は、狩野永徳の弟子である山楽《さんらく》の婿養子である。その才覚は誰よりも秀でており、狩野永徳直伝《じきでん》の桃山様式を伝え、京では新興である〝琳派〟と対抗する伝統的な絵を描いていた。

「だから、俺は初めから、狩野山雪はやめておけと言っていたのだ。御用絵師は狩野派だぞ。見抜けぬわけがあるまい」

宇都宮は苛々《いらいら》と自分の膝《ひざ》を叩いた。

将軍お抱え絵師の狩野派は、足利《あしかが》の世から続く名門であり、鍛冶《かじ》橋門外に屋敷を構え、二百五十石を賜る旗本待遇だ。狩野探幽がまだ前髪の子供の折、家康に謁見して、その場で描く〝席画《せきがき》〟を披露したところ、祖父の永徳の再来だと誉められたことに始まる。

「その永徳を手本とした山雪の筆致や構図を、宗家や鍛冶屋橋家が見抜けぬわけがなかろう。しまったことをした」

「しかし、それは……御老中の相馬因幡守様のご要望で……」

「黙れ。めったなことで、殿の名を出すでないッ」

「これは失礼致しました。申し訳ございません……ですが、あの屛風は上様にお売りしたわけではなく、披露《ひろう》してお気に召したら差し上げるとのことでしたので、金目当てで騙すことにはならないのでは……」

「おまえは報酬を手にしたではないか」

「畏《おそ》れ入ります……」

「事が事だけにな、殿の威信に関わる。もし、おまえたちのことが上様の耳に届こうものなら、殿の御身も危うい。以降、贋作は控《ひか》える。よいな」

「そんな……せっかく腕利きの者たちを集めて、工房村まで作ったのですよ」

「知るか。大人《おとな》しく呉服問屋『近江屋』の主人に収まっておれ。それとも公儀御用達の看板も下ろしたいか」

「ですが、この店を贋作の隠れ蓑《みの》にしようと、わざわざ私を婿養子にまで、手を廻してくれたのは相馬様ではございませぬか。儲けるのはこれからでございますよ。老中首座になるまでには、まだまだ金がかかるのでございましょう」

「言うなッ」

宇都宮は腰を浮かして刀を握った。いかにも斬るぞという気迫に、武左衛門は息を飲み込んで黙るしかなかった。

「よいな。余計なことをするなよ。でないと、おまえも『雁金屋』のようになるぞ」

「！……まさか、相馬様は『雁金屋』の一件にも関わっていたのですか」

「奴は島送りになった八丈島で、嘆き苦しんで崖から飛び降りて死んだらしい。おまえに白羽の矢が立ったのも、その腕と度胸を見込んでのことだ。ここはひとまず……」

引けと言って宇都宮は睨んだ。そして、声を潜《ひそ》めて、公儀目付が動いている節もあると伝えてから立ち上がるや、廊下に出て足早に立ち去ろうとした。

そのとき、女中らしき娘が茶を運んできて、ドンと宇都宮にぶつかった。その弾《はず》みか湯呑みが飛んで、宇都宮の顔にかかった。

「あっちち……あちちち」

宇都宮が悲鳴を上げると、

「申し訳ございません。私としたことが、おばかちゃん」

とニコリとシナを作って微笑んだ。

その言い草に余計に腹が立った宇都宮は、女中を睨みつけたが、

「可愛い顔をしてからに、そそっかしいな、おまえは」

「ごめんにゃん」

女中は猫招きの真似をして、耳のところに軽く拳《こぶし》を作ってみせた。

さらに怒鳴りつけた宇都宮に、武左衛門が飛び出してきて、すぐに詫《わ》びた。が、
宇都宮は苛立ちを振りまきながら、そのまま店の方へ向かって出て行った。

茶が零《こぼ》れたのを片付けている女中は、なんと——桃香であった。

その顔をまじまじと見た武左衛門は、

「誰だ、おまえは」

「え、まだ覚えて下さらないのですか。もう三日も前からお仕えしてるのに」

「いや、知らん……」

「じゃ、もういいです。他の店に奉公します。あっかんべえ」

と舌を出すと、桃香は茶碗も放り出して、そそくさと立ち去った。

「な、なんだ……」

武左衛門は忌々しげに拳を振り上げ、上等そうな襖《ふすま》を突き破った。どうせ、それ

も贋作なのであろう。

そんな様子を——中庭の植え込みの陰から、幸吉と佐乃助が息を殺して見ていた。

「やばいぞ、幸吉……」

佐乃助が振り向くと、さすがに幸吉もまずいことを聞いてしまったと、悔やむように唇を嚙んだ。そのふたりの首根っこに、ヒヤリとしたものが触れた。

目つきの悪い浪人がふたり、それぞれに刀身をあてがっていたのだ。武左衛門の用心棒である。浪人のひとりが静かに、

「逆らうと命はない。こっちへ来い」

と切っ先を突きつけた。

座敷からは、武左衛門が苦々しい顔でふたりを見ているだけで、助ける素振りも見せることはなかった。

幸吉と佐乃助は言いなりになるしかなかった。ふたりは裏手の蔵に連れて行かれ、浪人のひとりが錠《じょう》を開けて、中に押し込もうとしたときである。

——ブン。

と音がしたかと思うと、独楽《こま》が飛来して、浪人の顔面に突き立った。さらに、もう一個、飛んできて、もうひとりの浪人の手の甲に命中し、刀を落とした。

その隙に、駆け寄ってきたひとりの若い男が、猿吉《さるきち》であった。時々、桃香の手助

けをしている岡っ引である。

「さあ、今のうちにお逃げなせえ」

勝手口の方に幸吉と佐乃助を手引きすると、ふたりは戸惑うこともなく、逃げだした。追おうとする浪人に、猿吉はさらに胡桃《くるみ》を投げつけて行く手を阻《はば》んだ。浪人たちは、刀を拾うと猛然と猿吉に斬りかかったが、まさに猿の如くひらりと塀《へい》に飛び上がって、そのまま表通りに逃げた。

それでも執拗に、浪人たちは裏木戸を蹴破《けやぶ》る勢いで追って出た。その時、通りがかりの編笠の侍にぶつかりそうになった。

ガチン——と鞘《さや》が当たったが、駆けて行こうとする浪人に、

「待ちなさい」

と編笠の侍が声をかけた。着流しに羽織姿で野太い声である。

「鞘当てをして詫びもせぬとは無礼な奴」

「うるさい。ぶつかってきたのは、そっちではないか」

問答無用に浪人のひとりが斬りかかると、編笠がパッと切れた。現れた顔は——犬山勘兵衛《いぬやまかんべえ》。南町奉行・大岡越前の内与力《うちよりき》である。ズイと前に踏み出ると、かなりの腕前だと察したのか、浪人たちは腰が引けた。

「やるか」

犬山が刀に手をあてがうと、浪人たちはわずかに狼狽《ろうばい》しながらも「うるせえ」と怒鳴って通りに向かって走り出した。だが、もう何処にも、幸吉たちの姿は見えなかった。

「おのれッ……」

路地を振り返ると、犬山の姿もない。

「あっ……もしかして、あいつらの仲間か……」

地団駄《じだんだ》を踏む浪人たちに、武左衛門が追いかけてきて、「まったく何をしているのですか!」と苛々と怒鳴りつけた。

七

幸吉と佐乃助は、『雉屋』の奥座敷に連れてこられていた。

そこには、伊藤と松蔵がいて、決まりが悪そうなふたりの前で、腕組みをして睨んでいた。が、威圧する態度ではなく、むしろ正直に話せと促しているようだった。福兵衛も立ち合っている。

「――も、申し訳ございやせん……」

幸吉は覚悟を決めたように両手をついて、思わず刺してしまったことを謝った。

その幸吉に、松蔵が昔馴染みらしく、

「ケツだから良かったようなもんだが、少しずれてりゃ怪我じゃ済まなかったぞ」

と言うと、伊藤が「おまえが言うな」と制してから、質問を被《かぶ》せた。

「十年前の贋作を認めるのだな」

「――へえ……」

「で、今般またぞろ『近江屋』とぐるになって、贋作で一儲けしようとした」

「それは……ええ、まあ……そういうことです。申し訳ございやせん」

「話は猿吉から聞いたが、『近江屋』の主人は、おまえたちの元仲間の東兵衛という者で、後ろ盾がいるそうだな」

「そのことは、あっしらは知らないことでした。本当です」

「東兵衛、いや武左衛門はそんなに遣《や》り手だったのか」

「俺たちも十年ぶりに会ったから、そりゃ驚きましたが……奴も又、相馬なんたらとかいう人に利用されてたようで、へえ」

「相馬因幡守……御老中だ」

「あっしらも聞いて、吃驚仰天《びっくりぎょうてん》です」

「だが、それについては、おまえたちは関わっていないのであろう」

「へえ。江戸に来たばかりですから……もっとも、あっしは、尾形光琳のものだと

『紅白梅図屏風《こうはくばいずびょうぶ》』をすでに武左衛門に届けておりやす。でも、本物には遠く及びません。紙質も岩料なども全然違うので話にならねえと……それでも、幾ばくかになればと欲を出しました」

「そういう話をいずれ、大岡奉行の前でもやらねばならぬ。覚悟しておけよ」

「は、はい……」

やりきれない顔になった幸吉と佐乃助だが、伊藤はなぜかニンマリしていて、

「おまえたちのお陰で、こっちは大手柄だ」

「はあ……？」

「贋作の大元締めが事もあろうに、御老中の相馬因幡守ということになれば、権威は失墜どころか、役職を辞することだけでは収まるまい。御家お取り潰《つぶ》し、切腹かもな」

「切腹……」

痛々しいという顔になった幸吉の隣で、佐乃助の方が訊いた。

「私たちにも咎めがあるのでしょうか」

「十年前のことも正直に話した上で、武左衛門の所行の証言をすれば、罪一等くらいは減じられるかもしれぬな」

「では、やはり……咎人ということに……」

がっくりと両肩を落とした佐乃助は、この十年、ひっそりと暮らしていたことが無になったことを自ら憐れんで涙した。

「俺はただ自分の窯《かま》を持って、好きな陶芸をやりたかっただけだ……十年前のことは若気の至りだ……それが今更……こんなことなら来るんじゃなかった……大人しく田舎暮らしをしておくんだった」

その背中を軽く叩きながら、幸吉が慰《なぐさ》めた。

「すまねえな、俺のせいで……本心を正直言えば、俺だって……なんとか、てめえの腕だけで認めて貰いてえ。けど、世の中、そんなに甘くねえ。随分と歳も食った……こうして、とっ捕まったのも、いい加減、諦めろって神様の思し召しかもしれねえな」

ふたりが静かに唇を嚙みしめて泣いていると、ゆっくりと襖が開いた。隣室には、菊之助に付き添われたお竹が座っていた。

「兄ちゃん……」

お竹は、幸吉の顔を見て、懐かしさのあまり目を潤《うる》ませた。

母親とお竹を捨て置いて、絵の修行だと江戸に行ったり、気紛れに諸国に旅をしたりしたことを恨《うら》めしく思ったこともある。だが、母親は幸吉の気持ちを大切に思っており、借金をしてまで仕送りしたことさえある。

そのお陰で、お竹は芸者の置屋に預けられて、修業をさせられることになった。

そのことに、お竹は後悔はしていない。苦労とも思っていない。自分もそれなりにいい人生を送ってこられたからである。ただ、贋作の咎で追われて逃げている幸吉のことだけが心配だったのだ。

「――だから、お竹さんは、あんたのことをずっと待ってたんだよ。『天狗屋』で、母親と同じ一膳飯屋をやりながらな」

菊之助がお竹の来し方や気持ちを代弁した。

幸吉は憂《うれ》えるような目になったが、

「知らねえな……俺は天涯孤独《てんがいこどく》……妹なんざいねえよ」

と強がるように言った。

「兄ちゃん、もういいよ……そんなふうに答えるのは、私を巻き込みたくないからでしょ……いつも兄ちゃんは、そうだった」

「……」

「伊藤の旦那……松蔵親分……あの時はまさか、おふたりが兄ちゃんを見張りに来ていたとは思ってもみませんでした……でも、兄ちゃんの姿が現れた途端、様子がガラリと変わった。だから、私……」

お竹が必死に訴えると、幸吉は「すまない」と呟いてから、

「じゃ、やっぱり松蔵を大八車で突き飛ばしたのは、お竹……おまえなんだな」

「そうだよ。咄嗟《とっさ》のことだった」

「ありがとよ。だが、俺はこの八丁堀の旦那を刺しちまった。それだけでも大きな罪だよ。ざまあねえや」

幸吉は何度も申し訳ないと謝ったが、匕首の先に、松蔵が庇《かば》うように、

「おまえが刺したんじゃねえ。伊藤の旦那がケツを出しただけだ」

「なんてことを言うんだ」

言い返しそうになった伊藤に、松蔵は真顔で窘めた。

「その場で逃げられたことが、お奉行に知れたら、大手柄がパアになっちまいますぜ。皮がめくれたくらいの掠《かす》り傷のことを恨めしく思うより、巨悪って奴を暴《あば》くとの方が旦那にとっても良いことだと思いますがねえ」

「巨悪……」

「そうじゃありやせんか。旦那でも顔が拝めねえくらい偉いお人に、こいつらは操《あやつ》られてたんだ。儲けはてめえらだけで、悪さがバレたら下っ端に罪をなすりつける。あっしは、そんな奴らが、どうでも許せねえんでやす」

「――おまえ、いつから、そんな人間になったんだ。散々、強請《ゆす》り騙りもどきのことをやってたくせに……」

「ガチャガチャうるせえやい！」

松蔵は昔のやくざ者みいたな顔つきになったが、お竹には優しく微笑んで、

「安心しな。兄貴のことも、おまえたちのことも、俺たちが守ってやっから……俺は世の中の理不尽てやつには、しぜんとこの胸が騒いでくるんだよ」

「大丈夫か、松蔵……」

伊藤は不思議そうに見ていたが、傍らで見ていた福兵衛が、

「すべてを正直に話しなさい。そしたら、南町の大岡様は必ず善処して下さる。それこそ、正義感の塊《かたまり》ですからな」

と穏やかに言うと、佐乃助の方が静かに語り始めた。

「あれは十年前のある夜のことでさ……東兵衛と幸吉、俺の三人は誰かは分からないが、お武家様の立派な屋敷に呼ばれました。そこには、何人かの家臣と『雁金屋』の主人、嘉兵衛がおりました」

「遠島になった奴だな」

確認するように伊藤が訊くと、佐乃助は頷いて、その日のことを伝えた。

「その部屋には、立派な野々村仁清《ののむらにんせい》の『色絵《いろえ》鳳凰文共蓋壺《ほうおうもんともぶたつぼ》』と狩野探幽の『鳳凰図《ほうおうず》屏風《びょうぶ》』がありました。ええ、一目で本物だと分かりました。どうして、そのようなものが、武家屋敷にあるのか不思議でしたが、今考えれば、あれは相馬因幡守様の

お屋敷だったのですね」

まだ老中になる前で、名誉職である寺社奉行などをしていた頃であろう。古刹《こさつ》と深く繋がる役職ゆえ、入手していたのかもしれぬと、佐乃助は回顧した。

「その場で、これとそっくりな物を作れと命じられました。『雁金屋』が認めた腕前だからと、〝お墨付き〟を付けられた俺たちは、舞い上がるような気持ちで、一生懸命に取り組みました。でも……」

佐乃助は悔しそうに溢れ出てくる涙を拭《ぬぐ》いながら、

「完成したとき、俺たちは口封じに殺されそうになりました。その贋作はどうやら、物凄《ものすご》い高値で、将軍家に売られたそうです。その金を元手にして、相馬様は老中に成り上がったのだろうと思います……でも、まさか、東兵衛が俺たちを裏切ってたとは」

と吐露《とろ》した。

「そんな思いまでしたのに、なぜまた悪さに手を染めようとしたのだ」

伊藤が訊くと、今度は幸吉が答えた。

「悪いとは思ってやせんよ。俺たちは、到底、金で買えそうにない凄い絵や陶器を、誰でも手に入れられる値で売って、楽しんで貰うために作ってんでさ」

と、いつもの持論を披瀝《ひれき》して、

「でも、金が有り余ってる奴には、たまには本物と偽って売っても、誰も困りはしねえだろうって……その程度の悪さでさ」

「程度の問題ではない。偽物を作るということが罪なのだ」

「――へえ、申し訳ございやせん……」

「兄ちゃん……」

お竹が切実な顔になって、縋りつくように訴えた。

「伊藤の旦那の言うとおりだよ。尾形光琳が好きなら、兄ちゃんなりの尾形光琳になったらいい。そのためなら、私、今からでも何でも手伝う。小さい頃、色んな花や生き物を描いていた兄ちゃんに戻って……」

「ああ。俺も、お竹さんと一緒に精一杯、頑張るからよ」

横合いから松蔵が声をかけると、幸吉よりも伊藤の方が不思議そうな顔になり、

「おまえ、さっきから調子いいことばかり言ってたのは、お竹に気に入られたいためか、松蔵。どおりで、おかしいと思ったんだ」

と言った。

ほんの一瞬、座が和むような笑いが洩れたが、松蔵だけは何度も「違わい」と言い訳しながら、顰め面をしていた。

八

老中・相馬因幡守の屋敷は、山下御門《やましたごもん》内にあり、その威風《いふう》堂々とした長屋門《ながやもん》には、何人もの番卒が立っていた。

その前に駕籠《かご》で乗り付けたのは、白綸子《しろりんず》の羽織を着た若君姿の桃太郎君であった。家老の城之内や供侍たちは、門前で待たされ、向かえ出た用人の宇都宮に案内されたのは、玄関奥にある広間であった。

すでに南町奉行の大岡越前が到着しており、上座の相馬因幡守と何やら談笑していた。宇都宮が座敷の片隅に控えると、桃太郎君は相馬の真正面の下座に腰を下ろした。

「これは松平桃太郎君、折り入って話とは、奏者番のことかな」

嫌味な口調で声をかけると、深々と一礼をした桃太郎君は相馬をじっと見つめ、

「それは、お断りしたはずです。ですが、上様から遣いが参りまして、どうしてもと頼まれましたので、保留にしております」

「ほう。それはよいことだ」

相馬はわずかに微笑みを浮かべながら、

「奏者番とは有職故実《ゆうそくこじつ》に通じており、江戸城中の儀式を司《つかさど》るだけではない。〝君辺《くんぺん》第一之職《だいいちのしょく》〟と称されるとおり、上様の身辺はもとより、幕政に重要な機密にも深く関わる職なればこそ、桃太郎君のような御方が相応しいであろう」

「ありがたきお言葉」

「して、大岡を同席させてまで、火急《かきゅう》の用とは何事かな」

「はい……」

桃太郎君は、相馬の背後にある屛風に目をやった。六曲一双《ろっきょくいっそう》の大きな屛風である。

「それは、たしか先日、上様の御座之間にあったもの……狩野山雪の『雪汀水禽図屛風』でございますね」

「え、ああ、そうだ……」

「それは本物ですか、贋作ですか」

「何を言う。この屛風は本物。実はあの後、上様から拝領賜《はいりょうたまわ》ったのだ。それより、話はなんだ。そっちから申し出てきたのだぞ」

「本物ですか……」

執拗に屛風を見ている桃太郎君に、相馬はもう一度、本物だと頷いた。

「違いますね。偽物です」

「なんだと」

「これでも書画骨董の類には目がありませんでしてね。父上もかなり蒐集《しゅうしゅう》しておりました。これは狩野山雪の『雪汀水禽図』ですが、私も一度、京のさる寺で見たことがあります。その後、その寺の檀家《だんか》である由緒ある太物問屋《ふとものどんや》のもとに置かれたと聞いておりました。なので、江戸城中で、しかも上様の背後にあったので、驚いた次第です」

桃太郎君は一気に語りかけた。じっと聞いていた相馬は首を傾げて、

「まるで上様には真贋《しんがん》が分からぬとでも言いたげだな」

「見事な贋作ですから、めったに分かりません。波濤《はとう》が浮き上がって流れて動いているかの様子に、胡粉《ごふん》で盛り上げた波の上に銀箔《ぎんぱく》を散らして、波の手前の松には、美しい粉雪を描く繊細さ……金雲に遊ぶ白い千鳥と波に浮かぶ丸みを帯びた鳥との対比には、もう言葉が出ません……」

「……」

「ですが、贋作した人はわざとしたのでしょうね。岩に止まっている二羽の鷗のうち、向かって左側のは、首の向きが本物とは違うんです。左右逆なんです」

「なんだと……」

「そのことを後ほど、上様にご指摘したのは、何を隠そう、この私なのです」

桃太郎君が淡々と延べると、相馬はゴクリと音が聞こえるほど息を呑んだ。その

表情を大岡も凝視している。

「贋作をする者というのは、心の何処かに疚《やま》しい気持ちがあるのでしょう。ですから、あえて偽物だと分かる印を残すとも言われています。この屏風もそうです」

「何を言い出すかと思えば……話というのは、そんなことなのか」

呆れたように見据える相馬に、桃太郎君は真剣なまなざしで言い返した。

「そんなこと……なるほど、贋作を命じる人は、やはりその程度の心がけなのですね」

「どういう意味だ」

「雇われた絵師や陶芸師は、たとえそれが悪いこととか報われぬ仕事と思いつつも、自分の魂をかけて作り上げます。作っているときは、偽物を作っているとは思っておりませぬ。誠心誠意、描くことや作ることに没頭しているのです」

必死に訴えるように言う桃太郎君を、相馬は苦笑で見やり、

「まるで、贋作者の胸の裡《うち》を代弁でもしているようだな」

「はい。深川十万坪近くにある『近江屋』が差配《さはい》している工房村で、職人……いえ、絵師や陶芸師、書家たちにじっくりと話を聞いて参りました」

「ほう……」

相馬は意にも介さぬ顔つきで、

「若君は余程《よほど》、暇なのだな。やはり無役同然に無聊《ぶりょう》を決め込んでいるくらいなら、お役目を担った方がよさそうだ」

　と小馬鹿にするように言ったが、桃太郎君の方はニンマリと笑い返した。

「ご感想はそこですか」

「なに……？」

「『近江屋』とは誰のことか。差配している工房村が一体何なのか……という疑問は持たれないのですね。つまりは、ご存じだということです」

「……さあ、知らぬ」

　惚《とぼ》けてから、相馬は宇都宮に向かって、酒でも用意しろと命じた。

「私はお酒を嗜《たしな》みませぬが……喉がお渇きのようですから、どうぞ。大岡様も一献如何ですか。私は茶を所望しとうございます」

　桃太郎君が延べると、宇都宮は頭を下げてから一旦、立ち去った。間を置かずに、大岡が声をかけた。

「相馬様……町奉行所の調べでは、かなり贋作が出廻っており、実は前々から密《ひそ》かに探索をしておりました。まさか、その屏風までが贋作とは思いませなんだが、上様もさぞや己《おの》が不明を恥じておられることでしょう」

「……」

「それで、如何致しましょう」

「何をだ」

「深川の工房村をこのまま放置しておっては、贋作が江戸に溢れ、収拾がつかぬことになります。十年前の『雁金屋』のように不当に儲ける輩《やから》を増やすことになりかねませぬ」

「そうだな……」

「では一網打尽に捕らえることに、ご異議はございませぬか」

「おぬしに任せる」

あっさりと相馬は匙《さじ》を投げるように言った。大岡は「ハッ」と頷き、

「実は既に、呉服問屋『近江屋』の主人、武左衛門を奉行所にて捕らえております」

と言うと、相馬の表情にわずかだが緊張が走った。

「その者はかつて『雁金屋』の下で働いていた東兵衛なる者で、吟味方与力《ぎんみかたよりき》がきつく問い詰めたところ、事もあろうに相馬様の指示でやっていたことだと白状しました」

「……」

「元より、私はそのようなことなど、すぐには信じませなんだ。罪を逃れるために、

とんでもない作り話をする輩を、腐るほど見て来ましたから。しかし、証拠がありました」

大岡が神妙な顔つきで言ったが、相馬は黙って聞いていた。

「これで、ございます」

懐から出して見せたのは、何処にでもありそうな黒い財布であった。

「これが何だというのだ」

相馬が訊き返したとき、宇都宮が家来とともに戻ってきて、膳に乗せた酒と肴《さかな》をふたりの前に置き、桃太郎君には茶と菓子を載せた膳を据《す》えた。

「丁度良かった、宇都宮殿……これは、そなたのでござるな」

財布を見た宇都宮は思わず、「私のです」と手を伸ばそうとした。が、大岡はすぐにサッと引っ込めて、

「この中には、なんと……貴重なものがありました」

宇都宮はさらに取り戻そうとしたが、相馬は座れと目顔で命じた。他の家臣たちは一礼して立ち去り、また四人となった。

大岡は財布をもう一度、宇都宮に見せながら、一枚の紙切れを出した。

「これには、相馬様が『近江屋』に預けた千両の証文《しょうもん》が入っていたのです……何故、相馬様が『近江屋』に千両もの大金を預けなければならなかったのです」

「──知らぬ」

「では、宇都宮様、これは一体、どういうお金なのですか」

振り向いて大岡が尋ねると、一転して、宇都宮も知らないと首を横に振った。

「ですが、今しがた、自分の財布だと……」

「似たようなものを失くしたので、そうかと思っただけのことです」

「妙なことでござるな……これには、相馬様が預けたとあります。その目的は、『近江屋』に様々な贋作を作らせるための元値でした。そのことを武左衛門は認めました」

「……」

「さらに、武左衛門が相馬様……あなたに渡した金の帳簿はきちんとつけております。むろん、贋作で儲けた金です」

「何のことやら……」

「この数年で、二万両近くの金が渡ってますね。贋作で儲けた金です。千両が万両になるのですから、まさに濡れ手で粟……」

大岡が追及すると、相馬はその預かり証文とやらを見せてみろと言った。すぐに大岡が手渡すと、まじまじと見た相馬は、

「これは真っ赤な偽物じゃ」

と破り捨てた。

その紙屑となった証文を眺めながら、すぐに大岡は反論した。

「ですが、武左衛門の方には、あなた様に渡したと帳簿が残してあります」

「そんな出鱈目《でたらめ》なことは、幾らでもできよう。儂《わし》は知らぬ。それに、宇都宮も自分のものではないと言い直したではないか……帳簿とやらも、きっと誰かが儂を貶《おとし》めようとしての小細工であろう。そもそも、『近江屋』など会うたこともない」

断じて自分は知らぬと吐き捨てるように言ったとき、桃太郎君は湯呑みを持ってすっと立ち上がり、宇都宮の顔にぶっかけた。

「あっ……な、何をするッ」

咄嗟のことに、宇都宮は思わず乱暴な声を上げた。

「申し訳ございません。私としたことが、おばかちゃん。ごめんにゃん」

と言って、桃太郎君は招き猫の真似をした。

「覚えておらぬか。『近江屋』であなたに熱いお茶をかけてしまった。その時、財布を掏《す》ったのだ。おまえが『近江屋』に来ていた証拠にとな」

「――な、なんだと……」

「あの折、女中に扮していたのは、私自身だ。この目でちゃんと、宇都宮、おまえだと確かめておるからな」

桃太郎君が微笑みかけると、宇都宮はキョトンとしたまま、

「なんと……あの時の……」

「さよう」

「あ、いや。嘘だ、私は『近江屋』などに……」

「その財布が証拠だ。つまり、『近江屋』と相馬様は深い繋がりがあった。その時、おまえは、そこにある屏風について武左衛門を責め立て、『バレたらこっちは切腹ものだ』と喚いていた。相馬因幡守の名も出ておったのを、この耳で聞いた。言い訳無用」

宇都宮は狼狽したが、相馬はふてぶてしい顔のまま、

「これは何の茶番だ。若君が女装していただと……大岡。ただでは済まぬぞ」

「はい。ただでは済みますまい。明日、評定所が開かれますので、ご同行下さいませ」

「黙れ、黙れ。かような下らぬこと、儂がなんとしてでも……」

苛立つ相馬に、桃太郎君が繋ぐように言った。

「揉み消しますか？」

「……」

「無理です。先程、奏者番は、〝君辺第一之職〟であり、幕政の機密にも深く関わ

ると、あなたご自身が言われました。奏者番は式日以外の日には、上様直々に、大目付や目付のような密命も受けております。ゆえに、老中とは対等なのです」

桃太郎君は凛《りん》とした顔つきに戻って、

「私、言いましたよね。老中と対等の役職など荷が重いと」

「……」

「ですが、あなたのような武士の風上にも置けぬ者が幕閣中枢にいたとは、上様のご意向を受けて、考え直さねばなりませぬな」

毅然と言い放った桃太郎君の方が、相馬よりも遥かに立派な大名に見えた。その勇姿を、大岡は見ていたが、どうも胸中は複雑なようで、口をもごもごご動かしていた。

その後――。

名門相馬家の存続はかろうじて許されたものの、老中を辞した因幡守は蟄居《ちっきょ》の後、自ら切腹して果てた。生き恥を晒《さら》したくないという遺書を残していたが、そこにはあくまでも自分は無実だと虚偽の言葉を残していた。

武左衛門も死罪となったが、その後、深川の工房村は、菊之助が買い取り、贋作ではない庶民的な絵画や陶器を作る場として、多くの絵師や職人らが集《つど》う所となった。もちろん、幸吉と佐乃助はここで、師範のような立場で、色々な技術を教えていた。

「この工房村の人を、なんとかしてちょうだいな」

という桃香の可愛い仕草に、菊之助はころりと言いなりになったのだった。

工房村からは、『天狗屋』もさほど遠くはない。飯を食べたり酒を飲んだりと、若い絵師や陶芸師などが集まる店になっていた。時折、桃香も来て、手伝ったりしている。

「なかなか繁盛してるじゃねえか」

伊藤と一緒に、松蔵が入ってくると、厨房から、

「いらっしゃい！」

と明るいお竹の声が飛んできた。

「良かったな、お竹……」

松蔵は照れたように少し笑いながら、手土産の草餅を渡した。

「ありがとうございます。こうして店をまた始められたのも、旦那と親分さんのお陰です。何より、兄ちゃんの活き活きした顔が見られて、嬉しいです」

「俺も嬉しいよ。でな、実は……幸吉にも話そうと思ったのだが、その前にやっぱり、お竹に言った方がいいかと……」

「なんです、畏《かしこ》まって」

「いや、それが、その……なんと言ったらいいか……」

モジモジしていると裏手から水桶《みずおけ》を持った板前が入ってきた。前にもいた若者である。その姿を見るなり、

「お疲れ様。深川って意外と水の便が良くないから、苦労かけるわね、おまえさん」

と言いながら駆け寄り、手拭いで額や頬の汗を拭ってやった。

「おまえさん……？」

幸吉が呟くと、お竹が振り返り、

「あ、そうだ、松蔵親分。私も話があったんですよ。この人と一緒になろうって誓いあったんです」

「えっ……」

「まだ兄ちゃんには言ってないんだけど、ほら兄ちゃん、けっこうややこしい人だから、こんな年下の若いのじゃ頼りにならねえとかケチをつけそうなんで、松蔵親分からそれとなく伝えてくれませんかねえ」

「――え、ああ……そりゃ、お安い御用だが……」

「で、親分の話ってのは？」

「いや、何でもねえ」

両肩を落とした松蔵を見て、桃香は大笑いした。

伊藤も腹を抱えて笑い出して、松蔵の背中をバシバシと叩きながら、

「いやあ、めでたいじゃねえか。なあ、松蔵。おまえが惚れた女が幸せになったんだ。おまえより、いいと思うぜ、俺は。ガハハ」

すっかり落ち込んでいる松蔵の姿など気にする様子もなく、お竹は亭主になる若い板前と仲良く料理の下拵えを始めた。

「めでたさも中くらいなり、かな」

桃香は店の外に出て、両手を挙げて背伸びをした。

まだ夏は終わっていないのに、空は無限に高く、屏風の絵のような黄金色の雲が流れ、雁《かり》の群れが気持ち良さそうに飛んでいる。

今日の江戸の空は、いつもより美しく綺麗に澄んでいた。

第二話　人身御供《ひとみごくう》

一

江戸市中から品川宿《しながわじゅく》、内藤新宿《ないとうしんじゅく》など様々な所で、縦横無尽に武家屋敷や大店《おおだな》に押し込む不敵な盗賊集団〝鬼面党《きめんとう》〟というのが乱暴狼藉《ろうぜき》を働いていた。

神出鬼没で情け容赦なく人を殺す乱暴な手口には、町奉行所も手を拱《こまね》いており、幕府の番方や大名の家臣たちも乗り出して、江戸市中の巡廻を重ねていた。

江戸城といえば、外濠の内側を指すが、その敷地はおよそ百五十万坪もあった。御成門《おなりもん》、虎《とら》ノ門、溜池《ためいけ》、赤坂、四谷、市ケ谷、牛込《うしごめ》門、小石川、水道橋、万世橋《まんせいばし》（筋違橋《すじかいばし》）など、現代の都心部がすっぽり入るほど広大である。その各門には大名や旗本の家臣が門番として詰めており、町々は町木戸《まちきど》で仕切られ、自身番《じしんばん》や辻番《つじばん》、橋番《はしばん》などの番人が目を光らせている。

さらには町火消の鳶《とび》たちも火事のない日には、受け持ちの縄張りを見廻っている。にもかかわらず、密なる編み目をかいくぐって、一味は嘲笑《あざわら》うかのように凶悪な押し込みを断行してきた。

さすがに内濠の中にはまだ被害が出ていないものの、本丸御殿や大奥を含む三十万坪を超す敷地内には、老中や若年寄ら幕府重職の屋敷や町奉行所などもあるため、警戒を強化していた。〝鬼面党〟の本当の狙いは江戸城の天守下御金蔵《おかねぐら》と蓮池《はすいけ》御金蔵との節もある。公儀御用達商人の店に押し入ったときに、

『次は御金蔵の百万両を戴く』

などと挑発する文を残していたからだ。

江戸中を恐怖のどん底に陥れている盗賊騒ぎのことを、読売《よみうり》は面白おかしく書き立てており、飛ぶように売れている。貧乏人たちは、心の何処かで、

——ざまあ見やがれ。

という思いがあるからであろう。その気持ちを人でなしと嘲笑うことはできない。なぜならば、狙われた多くの大店は、儲《もう》けさえすればよいと非人情な店が多く、地震や火事、洪水や疫病の災禍などが広がったときに、炊《た》き出しひとつしなかった店ばかりだ。

町人の感情としては、大声をあげないにしても、心の裡《うち》では拍手喝采《はくしゅかっさい》を送っていた。時に、義賊のように、金をばらまいていることもあったからである。

昨夜の一件もそうだった。『肥前屋《ひぜんや》』という鉄砲洲《てっぽうず》に店や蔵を構えている廻船問《かいせんどん》屋《や》なのだが、主人が斬殺され、番頭と手代ふたりも怪我を負っていた。噂はたちま

ち江戸市中に広がっていた。

讃岐《さぬき》綾歌《あやうた》藩《はん》邸でも、盗賊の話でもちきりであった。

「恐ろしいことでございまするな。我が藩からも三十人、警備に人を出すことになっておりますが、今の状況では到底無理、十人に減らして貰《もら》っております」

城之内《じょうのうち》は算盤《そろばん》を弾くような仕草をしながら、若様である桃太郎《ももたろう》君に伝えていた。

ふたりきりではなく、他の藩重職らが数人、神妙な面持ちで居並んでいる。

桃太郎君も愁《うれ》いを帯びた表情で、黙って話を聞いていた。

「困ったものだな……」

「はい。まるで戦でございます。千石につきひとりの〝出兵〟でございますからな、えらい騒ぎです」

「うむ。困ったのう」

「我が藩の懐《ふところ》事情を、御公儀は分かって下さいましたが、それもこれも、若君が奏者番《そうじゃばん》の内定を快諾して下さったからこそでございます。上様も大いにご期待あそばされているとのことですので、一日も早く正式なご返答を……」

神妙な面持ちのままの桃太郎君を気遣《きづか》うように、城之内は続けた。居並ぶ重臣たちの表情も期待のまなざしになっている。

「たしかに、困った……」

「え、あ、はい。さようでございまするな。盗賊はうちにも入って来ないとも限りませぬ。さる大名屋敷は、江戸城の御門の護衛に、大勢の家臣を差し出した隙《すき》を狙うように、襲われましたからな」

「……」

「むろん屋敷内にも家臣はおりましたが、カマイタチのように襲いかかり、あっという間に盗みを成し遂げたとか……商家よりも武家屋敷の蔵の方が防備が弱いという盲点をついてのこと。敵ながらアッパレでござる」

桃太郎君は不機嫌な顔のままである。城之内は気遣うように、

「アッパレなどと不謹慎なことを……申し訳ございませぬ。とにかく、その鮮やかな手口は、手練《てだ》れの武士をも翻弄するほどですから、我が藩邸も重々、心して用心せねばなりますまい。一同、篤《とく》と心がけよ」

重臣たちはいずれも、しかと頷《うなず》いて一礼すると、それぞれの持ち場に帰った。

「――困った……」

また桃太郎君が溜息をつくと、城之内も同じように吐息で、

「まことにございまするな」

「今日で丸五日だ」

「は？　何がでございまするか。たしかに盗賊は連日のように出ておりましたが

……」

「屋敷から出てないのがだ。このままでは息が詰まって死んでしまいそうじゃ」

「エヘン」

城之内は背筋を伸ばして、わざとらしく咳払いをし、

「何をおっしゃいまするやら。若君は、この有事の際にはデンと構《かま》えて戴《いただ》かないと、家中の物に示しがつきませぬ。それに、あれこれ言い訳しなければならない私の身にもなって下され」

「近頃は、久枝《ひさえ》もおまえの味方をして、私が『雉屋《きじや》』へ行こうとするのさえ、止める始末……ふたりには何かあったのか」

桃太郎君がじっと見据えると、城之内は所在なげな手つきになって、

「な、何をそんな……」

「照れるな照れるな。近頃は、年のいった者同志が夫婦になるのが流行《はや》っているらしい。久枝も若いときから、余の乳母《うば》であった身。まるで人身御供じゃ。城之内、おまえがたんと可愛がってやるがよい」

「馬鹿なことを、おっしゃらないで下さいまし」

「そう言いながら、頬《ほお》が少し火照《ほて》っておるではないか。隠すより現るだな」

「若君。人をからかうのも好い加減に……」

半ばムキになる城之内に、桃太郎君は微笑み返して、

「そうではない。本当に夫婦になってはどうかと思うておるのだ。久枝をここに呼んできてくれぬか」

と言った。

城之内は訝《いぶか》しげに片目を細めながら、

「――また、そんなことを……私が立ち去った後に抜け出すつもりでございましょう」

「人というものは一度疑われると、なかなか信頼を取り戻すのは大変じゃな。では、余が直々《じきじき》に呼んで参ろう」

「あ、それもなりませぬ。そもそも表向きに奥女中を呼ぶのは……」

「小さな屋敷だ。しかも乳母を呼ぶのに何の遠慮があろう。おまえと久枝の大事な話をしたいのだ。真剣にそう思うておる」

「そこまで言われては……分かりました。ここにいて下さいましよ」

深々と頭を下げてから、城之内は廊下に出た。そこに控《ひか》えている家臣に、「若君から目を放すな」と命じてから立ち去った。

だが――久枝を連れて戻って来たときには、桃太郎君の姿はなかった。家臣たちも廊下から見てはいたが、奥に行った若君を追うことまではできなかったという。

「謀《たばか》られた！」

城之内は自分の膝を打ちつけて、

「久枝殿を迎えに行かせ、あなたの目も離れたところで、若君は……ああもう！」

と苛《いら》ついたが、久枝の方はいつものことだと穏やかに笑っていた。

桃太郎君はすぐに『雉屋』で娘姿に着替えて、富岡八幡宮《とみおかはちまんぐう》にお参りしてから、町中を散策していた。

ただ歩いているのではない。今、江戸を騒がしている〝鬼面党〟とやらを捕まえるため、どんな小さな事でも摑んでやろうという、いつもの御用聞き魂で体中がうずうずしていたのである。しかも人殺しも辞さぬ荒々しい盗賊一味など、断じて許すことはできなかった。

そんな姿に、通りをぶらぶらやってきた菊之助《きくのすけ》が声をかけてきた。黒羽織の片袖を抜いて、体に斜めにかけている。傾《かぶ》いていて格好いいと思っているのだろうが、身だしなみが悪いとしか思えない。

「桃香《ももか》ちゃん……いや桃香さん……相変わらず可愛《かわい》いね」

暇潰《ひまつぶ》しに人をからかっているような人間を、桃香は相手にしている暇はない。軽く会釈してから行こうとすると、やはりしつこくついてくる。

「そんなにつれなくすること、ないじゃないか。何をすねてんだい。ほら」

隠し持っていた銀の簪《かんざし》を差し出し、半《なか》ば強引に桃香の結《ゆ》い髪に挿した。江戸で一番の材木問屋の跡取りだけあって、大層、高価そうな簪である。菊之助は手を叩きながら、

「似合う似合う。やはり三国一の俺の花嫁だ。さあさ、機嫌を直してくれよ。俺はおまえの笑った顔が一番好きなんだからさ」

と肩に触れたり、手を触ったりしてきた。

桃香は押し退けようとしたが、菊之助は軽くいなしたり、突いたりしている。遠目に見れば乳繰《ちちく》り合っているようにしか見えない。桃香は嫌がっているものの、本気ではなさそうだったからである。

そして、近くにある茶店に連れ込むと、

「ちょいとだけ用を足してくるから、あ、小便じゃないよ。店賃だの地代などを集めないと、親父に叱られるからさ。すぐさ、だから、ここを動かずに待ってるんだよ。いいね」

と身勝手に言うと店から飛び出していった。

「城之内といい、菊之助といい、男は勝手に待ってろとよく言うもんだわ」

ひとり呟いて、しばらく茶を味わっていると、表通りで「掏摸《すり》だ。掏摸だぞ！」という声が起こった。考える前に店から出た桃香の目に、商人らしい男が遊び人風

の男を追いかけている光景が映った。

商人は慌てていたのか転倒した。そこに桃香は駆け寄って、大丈夫かと声をかけたが、それよりも財布の方が気になっているようだった。金ではなく何か大切なものが入っているとのことだ。

桃香はすぐに着物の裾《すそ》をたくし上げると、

「これ、待ちなさい」

と追いかけた。

遊び人風は路地に飛び込み、猫しか通れないような細い隙間を抜けて、必死に逃げた。追うことにかけては桃香は大得意。子供の頃から走ることは大好きで、武芸十八般《じゅうはっぱん》の修業も通して鍛《きた》えられているのである。

後少しで遊び人の背中に追いつきそうになったときである。ビシッと膝下に縄が張られた。桃香は目にも入っておらず、避けることもできずに、前のめりに激しく転んだ。

そこに丁度、掘割《ほりわり》沿いの縁石《えんせき》があって、激しく頭を打った。鈍い音がした。

——あ、ああ……。

薄れゆく意識の中に、集まってくる数人の男たちの影が見えた。何か話しているようだが、はっきりとは聞き取れなかった。

桃香は必死に目を開けようとしていたが、しだいに意識は消えてしまった。

二

菊之助は、茶店に帰ってきてから、しばらく待っていた。が、茶店の主人に掏摸を追いかけたと教えられて、

「先にそれを言ってくれよ」

と目撃者を探したが、結局、分からずじまいだった。

仕方なく『雉屋』に出向いたが、主人の福兵衛《ふくべえ》も知らないとのことだった。菊之助は隠さないでくれよ、会いたいんだと嘆願したが、本当に福兵衛は首を横に振って、

「たしかに着替えに来ましたがね、その後のことは……」

と言いかけて口をつぐんだ。

「着替えに来た……どういうことだい」

「いえね。桃香はよく、うちで新しい着物に着替えたがるんですよ。ほら、呉服屋だから、好き勝手できると思ってるんでしょうな」

「……」

「なんですか、その疑り深い目は」

「怪しい……どうも臭い」

「何がですか」

福兵衛が逆に問いかけると、菊之助は帳場の横に腰を下ろして、

「だって、そうじゃねえか。ご主人はいつも、娘のように可愛がってる姪《めい》っ子だというが……じゃ、家は何処にあるんだい」

「家……」

「桃香さんの家だよ。いつも何処かから通っているようだが、住んでるのは何処です」

「神田佐久間町《かんださくまちょう》ですよ」

間髪入れずに福兵衛は答えた。疑われまいとしてのことだ。ここには、福兵衛の三人の息子のうち末っ子が暖簾《のれん》分けをした店を出している。

「佐久間町の何処です。姪っ子ってえけど、どういう姪っ子なんです」

「私の妹の子ですよ。妹は桃香が幼い頃に流行り病で死んでしまいましたがね。親父も病がちで亡くなったので、私が父親代わりで」

「ふうん、そうなんだ……で、家は」

「家はないですよ。奉公先に寝泊まりしているんですよ」

「奉公先……それはどこだい」

「ですから、佐久間町の『雉屋』ですよ。三番目の倅《せがれ》の店です。私はほら、隠居の身ですから、この深川の店は看板を上げてるだけで、商《あきな》いはしてないも同然。本店の日本橋は長男が跡を継ぎ、次男と三男はそれぞれ……」

言い訳じみて話す福兵衛の顔を、菊之助は覗《のぞ》き込むようにして、

「だったら別にここに住まわせてもいいじゃないか。それに、讃岐綾歌藩の若君の許嫁《いいなずけ》なんだったら、お屋敷で暮らしても不思議じゃないと思うがねえ」

「ええ、そうしてますよ。たまにお邪魔してますよ。通い妻みたいにね、あはは」

福兵衛は誤魔化《ごまか》すように笑ったが、菊之助は〝通い妻〟という言葉が胸に引っかかり、

「まさか……桃香さんは、若君とあんなことやこんなことや……やってないだろうな……ああ、胸が苦しい」

と、ひとり悶《もだ》えて肩を落とした。

そこへ、『信濃屋《しなのや》』の二番番頭・覚兵衛《かくべえ》が血相を変えて飛び込んできた。四十の坂を越えているが、小柄で痩《や》せているせいか、若く見える。とても大店の番頭には見えない。

「若旦那……菊之助さん……大変なことが……店に帰って下さい」

「なんだね。おまえの大変だは枕詞みたいなもので、年がら年中だから聞き飽きた。犬の糞でも踏んだのか」

「そうじゃありません。うちにも……うちにも脅し文が……」

最後の方は福兵衛には聞こえないように、小さな声になった。が、福兵衛の耳にはしっかり届いており、

「なんですって。それはえらいことだ」

と身を乗り出した。

「一体、どういうことです。誰から、どのような脅しが」

『雉屋』には、南町奉行・大岡越前《おおおかえちぜん》の内与力《うちよりき》である犬山勘兵衛《いぬやまかんべえ》が出入りしていることを、覚兵衛も承知している。ゆえに、意を決したように伝えた。

「――実は……菊之助さんの許嫁《いいなずけ》を与ったから、三千両寄越せと投げ文が……」

何者かが身代金を要求してきたのである。

「三千両とはまた……」

「うちが江戸で指折りの材木問屋であることを知ってのことと思います。主人も店の者たちもはじめは、てっきり菊之助さんが人質に取られたのかと思いました」

「でしょうな……」

「けれども、菊之助さんにはまだ許嫁はおりませんし、何かの間違いかもしれませ

ん。どうしたものかと」

「うむ……とまれ、私が犬山様にお伝えして、大岡様の耳にも届けて貰いましょう」

まだ金の受け渡しの場所や刻限などの指定はされていない。後で、報せるから金をちゃんと用意しておけという文面だったという。

「一応、深川の鞘《さや》番所の方にも届けてはいるのですが……」

「それはまずかったですな」

「えっ……」

「伊藤洋三郎《いとうようざぶろう》の旦那が知ったら、余計ややこしくなるかもしれないのでね……まあ、いい。とにかく相手が誰か、報《しら》せを待つことにしましょう。下手に動かない方がいいですよ」

福兵衛が助言していると、菊之助は首を傾《かし》げながら天井を見上げて、

「妙だな……俺には許嫁がいないってことじゃなくて……この脅《おど》しがだ……うん。もしかしたら、そうかもしれねえ」

と膝《ひざ》を打った。

「なんだと言うのです、菊之助さん」

福兵衛が訊くと、何度も頷きながら菊之助は言った。

「この前も材木問屋の寄合で話が出たんだが、こいつは〝鬼面党〟の仕業《しわざ》かもしれねえ」

「あの押し込みの……」

「そうだ。〝鬼面党〟は、押し込む前にまず、店の倅だの娘だのを拐《かどわ》かして、身代金を要求するんだ。それにキチンと答えた店には、それ以上のことはせず、人質を返す。しかしな、もし金を渡すのを拒んだり、お上に訴えて事を拗《こじ》らせると……人質は隅田川《すみだがわ》に浮かんだり、首を吊《つ》られたりした上で……店にも押し込まれているのだ」

「そ、そんな、恐ろしいことが……」

覚兵衛の方が尻込みして、ぶるぶると震え始めた。

「若旦那に許嫁なんかいない。それで拒んだら、理不尽に押し込まれて金を盗まれ、殺されてしまうってことなんですか」

「まあ落ち着け、覚兵衛……三千両くらい払ってやれば、間違って捕まった者は助かるだろうし、うちに押し込みをされることもない。そういうことだ」

「ですよね……」

「そういうことだ。けどな……そんな輩《やから》の言いなりになる俺様じゃねえ」

菊之助は決然とした態度になって、目つきまで鋭くなった。

「材木問屋仲間の中にも、言いなりになった者がいるらしい。そりゃ、その方がてめえや家人の身を危うくするより良かろう。だが、商人がそんな態度だから、舐《な》められるんだ」

「わ、若旦那……」

「俺は遊んで暮らしてるくせに、他人の金をくすねる奴が一番嫌いだ。その上、人の命を玩具みたいに扱う奴はもっと嫌えだ」

憤然《ふんぜん》となる菊之助の顔を見て、福兵衛は思わず額に手を当てた、

「大丈夫ですか、若旦那……人が違ってしまったようですが」

「なに、桃香さんの影響かもしれないな。あの小娘……あ、失礼……姪御様《めいごさま》はあれでかなりの〝正義漢〟……男勝《まさ》りなところがありますからな、その影響です」

「ほんと男勝り、ですな……」

苦笑いする福兵衛の横で、菊之助は大きく息を吸い込むと、

「盗っ人や人殺し、拐かし一味に負けてなんぞなるものか。この信濃屋菊之助様がキッチリ片を付けてやるぜ、べベン」

と歌舞伎《かぶき》役者にでもなったかのように、見得《みえ》を切るのだった。

福兵衛は遊びではないのだから、町奉行所に任せるべきだと言ったが、菊之助は何か閃《ひらめ》いたのか、桃香のことなどすっかり忘れたように、すっ飛んでいった。

三

五百羅漢《らかん》が見事でまさに壮観である。

ゆえに、『本所のらかんさん』として知られる羅漢寺の近くに、こじんまりとした武家屋敷があった。人が住んでいるのかどうかも分からないほど、庭木は手入れされておらず、誰かが出入りする気配もあまりなかった。

夕暮れになると、ぼんやりと塀の中に灯りがともるのが見えた。

その屋敷の中の一室に、いかにも武芸者という風貌の凜《りん》とした侍がいた。

五十半ばであろうか。老人とまではいかぬが、世間ではとうに隠居している年頃だ。無精髭《ぶしょうひげ》はあるものの、背筋はシャンと伸びており、余計なものはすべて排除しているような身のこなしであった。

だが、暮らし向きは貧しそうで、浪人暮らしなのか、傘張りや提灯《ちょうちん》張りなどの手仕事をしているようだった。奥に見える部屋には、道具ややりかけのものが散らかっている。

少し離れて、部屋の片隅には——なぜか桃香が座っていた。

頭は縁石にうちつけて怪我をしたのであろう、包帯のように綿布が巻かれている。

所在なげに虚空《こくう》を見上げたりしているが、初老の武士が落ち着いた雰囲気なので、桃香も安心している顔つきだった。

「腹の具合はどうかな。足らねば、蕎麦《そば》でも食うか」

物静かな声で武士が訊くと、桃香は首を横に振って、お腹は十分だが、喉《のど》が少し渇いたと遠慮がちに言った。

「さようか。ならば……」

武士は隣室の狭い部屋に移動して、炉に沸かしている湯釜《ゆがま》の前に座り、手慣れた作法で薄茶を点じた。その様子を見ていた桃香は、しぜんと武士の近くまで来て、差し出された茶碗をこれまた作法どおりに飲んだ。

「ほう。町娘に茶道の心得があるとは……芸者でもなさそうだが。しかも武家が嗜《たしな》む遠州流《えんしゅうりゅう》とは驚いた」

「……」

「どうだ。頭の具合は……」

桃香は軽く頭の包帯に手を触れた。

「いや、怪我の方はではない……物忘れの方だ……頭を打って、一時、自分のことを忘れることは、ままある」

動き出したら止まらない、かなりお転婆《てんば》ゆえ、二、三度、経験したことのある桃香だが、そのことすら覚えていない。

「無理をすることはない。何でもない時にまたふっと思い出すものだ。俺なんぞは、年のせいで、しょっちゅう物忘れをするがな」

ふざけて言う武士の優しそうな顔を見て、桃香も少し微笑んで、

「──結構なお点前《てまえ》でした。この茶碗は随分と値打ち物のようですね。野々村仁清《ののむらにんせい》のものかしら。この落ち着いた色合いがなんとも美しい……」

と呟くように言った。

「そのとおりだ。かように手で茶道具を触ったりすることだけでも、思い出すそうだから、好きなだけ、やってみなさい」

「ありがとうございます……あの、私、まだあなた様のお名前も……」

「名乗るほどの者ではない。あなたが倒れていたのを見かけて担ぎ込んだだけだ。昔は医学も学んだものでな、その程度の怪我ならば面倒を見ることができる。安心なさい」

「でも……」

「あ、そうだな。呼びにくいな。では名乗るが、大山小兵衛《おおやまこへえ》という者だ。今、適当に付けたのではないぞ、大きい小さいの文字があるからのう、ガキの頃は恥ずかしかった」

「いいえ、立派なお名前です」

「あんたは、なんと……思い出せぬのだから、仕方がないな。そうだな……仮の名として、あやめにしよう」

「あやめ……」

「庭は荒れ放題だが、なぜか、あやめだけは凜と咲いている。そうしよう」

大山は濡《ぬ》れ縁《えん》の先に、たった一本だけ立っている菖蒲《あやめ》の花を見ながら言った。スッと伸びる葉に筋の入った青い花びらは、今が盛りであった。

「その菖蒲は、乾いて荒れ果てた所でも咲くというからな、強いのであろうな。おまえさんを見てても、どことなく芯《しん》の強い女に思える。聞いた話では、誰かを追いかけていたそうな」

「追いかけて……」

「うむ。一体、なぜ誰を追っていたのかは、分からぬがな」

「──その時の話、もっと詳しく聞かせて貰えないでしょうか……」

迫るような桃香の視線を、大山はしっかりと受け止めたが、

「俺にもよく分からぬのだ。ただ、倒れていたところに出くわしたものでな」

「何処で……何処に倒れていたのでしょう」

「それは、うちの前だから、ここに連れてきたのだ。もしかしたら、羅漢様なら知

っているかもしれないがな」

大山は何かを誤魔化《ごまか》すように言った。

「羅漢とは、阿羅漢のこと。悟りを開いた高僧のことだ。釈迦《しゃか》の弟子の中でも、これ以上学ぶことがない者に与えられる称号だ」

「はい。聞いたことがあります」

「ほう……そういう知識も忘れてはいないのだな……」

「……」

「五百羅漢とは、釈迦が入滅したときに集まった優れた弟子たちが五百人いたことから、そう呼ばれているらしい。俺には誰ひとり、線香を手向けてくれる者もおらぬがな」

自虐《じぎゃく》ぎみに言って笑う大山を、桃香は凝視していた。

「――そんなに見つめるな。照れるではないか」

「私に何があったのでしょうか」

「番屋に届けたから、町方も身許などを調べてくれておる。不安なのは分かるが、あまり思い詰めず、はっきりするまで、ここが我が家と思って……な」

優しい大山に対して、桃香も素直に「はい」と笑顔で頷いた。

「その笑い顔……なんだか娘が帰ってきたような気分だ。嬉しいよ」

「娘さんがいらっしゃるのですか」

桃香が尋ねると、大山は曖昧に返事をして、やりかけの傘張り仕事に戻った。

その時、ガタッと表戸を開ける音がして、誰かが入ってきた。

一瞬、不安そうになる桃香だが、怯《おび》えるというよりは、その身構《みがま》え方を見て、大山は少し驚いた。町娘にしてはあまりに俊敏だったからである。

勝手知ったる家のように入ってきたのは、まさしく町方同心であった。小銀杏髷《こいちょうまげ》に黒羽織と朱房《しゅぶさ》の十手《じって》という定番である。ただ目つきは鋭く、人を寄せ付けぬものがあった。

「その娘は何か思い出しましたか」

町方同心はまるで上役にでも言うような、丁寧な言葉遣いだった。

「いや……それより、何処の誰か分かったのかな」

「それが……」

言いかけた町方同心は口をつぐみ、目顔で庭の方へさりげなく誘った。

「如何した、横峰《よこみね》……」

大山は後を追うようについていき、縁側に出た。桃香から離れてから、横峰と呼ばれた町方同心は小声で言った。

「――材木問屋『信濃屋』は、三千両の金を出すとのことです。桃香というらしいが、『信濃屋』の馬鹿息子の許嫁であることは、間違いないらしい」

「そうなのか。では……」

何か言いかけた大山に、横峰はシッと口元に指を立てて、

「壁に耳あり障子に目あり……とにかく、金が確かに入るまで、あなたはあの娘が何処にも行かぬよう見張ってて下さい」

と念を押すように言うと、桃香を一瞥《いちべつ》して立ち去った。

不安げに見送る桃香の側に、大山は笑顔で近づいて、

「私が言ったとおりでしょ。今、懸命におまえさんの身許《みもと》を探してくれてるから、しばらくここで落ち着いているがよい」

「横峰さん……とおっしゃいましたね」

桃香は、同心が立ち去った方を見たまま訊いた。

「随分と大山様には丁寧な言葉遣いでしたが、もしかして、あなたも与力か同心で、あの方の上役だったとか……」

「これはこれは……」

また驚いたように大山は、桃香を見つめ、

「お察しのとおり、俺も元は町方与力。まだ退く年ではないが、ちょっと体を壊して、隠居暮らしの真似事をしておる」

「そうでしたか……では私も安心ですね」

「ああ。こんな可愛いお嬢様なのだから、身許はすぐに見つかるってものだ」

「はい……あ、そうだ……」

桃香は何か思い出したのか、腰をわずかに浮かせて、

「大山で思い出しましたが、犬山という人を知ってます……いえ、はっきりとは思い出せませんが、そんな人がいたような……ああ、そうだ。大岡越前様の内与力様だったような気がします……ご存じないですか」

と記憶を辿《たど》り寄せるように訊いた。

大山はさらに驚いた顔で見つめていたが、

——この桃香という娘は、一体何者なのだ……。

という思いの方が強くなった。

「あっ、そうだ。犬山勘兵衛様だわ……大山小兵衛と何となく似てますね……ええと、それから、猿……岡っ引の猿吉《さるきち》とか……雉……『雉屋』という呉服屋。それから、南町同心の伊藤洋三郎さんとかも……少しずつ思い出してきた。そうだわ、そうだわ」

桃香が喜び顔になっていくのを、犬山は気まずそうに見ていた。もし、大岡越前の内与力のことまで本当に知っているとすれば、自分の身のことがバレると思って

のことだ。だが、大山は穏やかな声で、

「そうそう……そうやって、少しずつ思い出せばいい。焦ることはないぞ」

と慰《なぐさ》め励ますように言うのだった。

四

材木問屋『信濃屋』の奥座敷では、当代主人の元右衛門の前に、番頭らが集まって、大騒動になっていた。

そこには、南町奉行所定町廻り同心の伊藤洋三郎と岡っ引の松蔵《まつぞう》もいる。

さすが江戸の町を作った〝草分け名主〟の家柄だけあって、元右衛門《もとえもん》は風格ある態度でデンと構えていたが、菊之助は苛立たしげに座敷の中や廊下を、うろうろと歩き廻っていた。

「落ち着け、菊之助。おまえの話はあまりにも出鱈目《でたらめ》過ぎる。訳を言え、訳を」

元右衛門が険しい口調で言うと、菊之助は駄々っ子のように、

「だから、なんで、こんな奴らに報せたりしたんだよ。ちゃんと三千両払えば、済む話じゃないか」

と大声を張り上げた。

脅し文の第二弾が来て、受け渡し場所や刻限が示されていた。その文には、了解ならば、富岡八幡宮の絵馬掛けの右上端に、「朱墨で、お願いします、と記して下げておけ」と書かれていた。

菊之助は二番番頭の覚兵衛に書かせて、要求どおりにさせた。だが、その場所はいつも人が大勢集っている所なので、誰がそれを確認しに来たかを特定することはできない。

まずは桃香の命を救うために、三千両の身代金を渡すしかないのだ。だが、元右衛門は淡々と説諭するように、

「その桃香とやらのことは、私は何も知らない。おまえからも店の者からも聞いていませんよ。どういう娘なんです」

と尋ねたが、菊之助の方は狼狽《ろうばい》するだけだった。

「とにかく、渡してくれよ。刻限はもう迫ってるじゃないか。でないと、相手は〝鬼面党〟だ。桃香を殺した上で、この店にも押し込んで来るに違いない」

「そうならないよう、こうして町方のお役人に頼んでいるのではありませんか」

「ここに町方同心がいると知っただけで、相手は殺すかもしれないんだぜ」

「そもそも、本当に人質にされたのは、桃香という娘なのですか」

「ああ、そうだよ。これが証拠だ」

菊之助は銀簪を見せた。いなくなる直前に、頭に挿してやった銀簪である。

「もう一度、桃香の行方を探してたら、掏摸を追ったっていう先に、これが落ちてたんだ……拐かされたのは、桃香に間違いない」

「だったら、きちんと話しなさい。桃香とやらは、一体、どういう娘なんです」

「だから、それは……」

「許嫁などといきなり言われてもね……私たちは何も知らない。その娘も賊の仲間かもしれないじゃないですか」

父親の言い草に、菊之助はさらに激昂《げっこう》したように、

「そりゃねえだろう、親父。俺が惚れた女だ。身許だってちゃんと分かってる。同じ深川は富岡八幡宮参道の一の鳥居近くにある『雉屋』の姪御さんだ。呉服屋のな」

「本当に、そうなのか……」

「ああ、そうだよ」

「いつから、お付き合いをしてるのだね」

「だから、そんな話は助けた後でいいだろうがよ。三千両出せ、三千両！　嫌だっていうなら、俺の金でなんとかしろよ」

「俺の金って……おまえの金なんぞ一文もありませんよ。地代や店賃などの集金は

任せているが、おまえの金じゃない。店の金です。それをおまえが勝手にパッパと使ってるだけだ」

元右衛門はここぞとばかりに説教した。

「少々のことは大目に見ていたがね、三千両もの金を見ず知らずの者のために投げ出す余裕なんぞ、うちにはありませんよ。人助けする謂《い》われもない」

「見ず知らずって……さっきから俺と言い交わした女だって言ってるだろうが……なあ、覚兵衛。おまえは会ったことあるだろ」

菊之助が振ると、覚兵衛は曖昧に頷きながら、

「ええ、まあ……あのお転婆ですよね」

「余計なこと言うな」

「でも、あの娘さんは、若旦那のことはあまり好いてないようですので、なんちゅうか、片思いに過ぎないかと存じます」

「て、てめえ！」

思わず殴りかかろうとする菊之助に、元右衛門は大笑いをして、

「片思いの女のために、三千両も出せと……わはは……こりゃ我が子ながら、あまりの馬鹿さ加減に腹が痛くなるわい。わはは」

と軽蔑したように指さした。

「てめえ、おい……それでも人間か！」

立ち上がって今にも父親に摑《つか》みかかろうとする菊之助を、とっさに松蔵が羽交《はが》い締《じ》めにした。同時に、伊藤がスッと近づいて、

「元右衛門……親子喧嘩は後にして、まずは人の命を助けてくれぬか」

と、いつになくまっとうなことを言った。

「伊藤様まで、何を……」

「事は〝鬼面党〟のことだ。希に見る大悪党だ。手を貸して貰いたい」

神妙な顔になる伊藤を、元右衛門は何を言い出すのだとばかりに見つめ返した。

「菊之助も初めは思惑があったのだ。ただ、三千両もの大金を渡すだけではない。受け渡しの場は、きちんと町方や岡っ引の連中が張り込み、隠れ家を突き止める。そして、一網打尽にするということを、菊之助は考えていたんだよ」

「そうなのか、菊之助……」

元右衛門に訊かれて、菊之助は頷いた。

「まずは桃香を助けることだ。もし石ころを詰めただけの千両箱なら、奴らのことだ、すぐに人質を殺すだろう」

「……」

「もし、そんなことになれば、俺は……俺は……」

泣き出しそうになる菊之助を、元右衛門はじっと見ていたが、

「——そういうことなら、町方の旦那たちのお手伝いをしないでもない……ですが、万が一の失敗はなしですよ、伊藤様」

「分かってる」

「でないと、人質が殺された上に、この店が狙われることになるんでしょ。それだけはご免被ります。必ず下手人を捕らえた上で、三千両も取り返してくれますね」

元右衛門が渋々承知すると、伊藤は険しい顔で頷き、菊之助も安堵したのか、その場に崩れるように座り込んだ。


身代金の受け渡しは、大横川《おおよこがわ》から隅田川河口に出る直前にある大島橋《おおしま》に、暮れ五つということだった。

木戸が閉まる頃とはいえ、まだ人気《ひとけ》はある刻限で、近くには老中を務めたほどの大名の屋敷もある。対岸には商家や飲み屋があり、人の目につきそうだが、わざわざこの場所を選んだのは、船で河口沖に逃げるつもりであろう。

しかし、ここは却って、同心や岡っ引、捕方などが張り込むには丁度良かった。行商や酔客に扮《ふん》してうろついたり、海や川では屋形船や釣り船に潜んで待機することができたからだ。

千両箱ひとつは五、六歳の子供の重さくらいある。その三つは大八車に乗せて筵《むしろ》を被せ、番頭や手代に扮した役人が運んできた。

要求どおり、橋の真下にある川船に縄で結わえた千両箱を、欄干《らんかん》越しに下ろす。慎重に作業を済ませると、欄干と川船を繋いでいる綱を切り、役人たちは大八車ごと橋から立ち去らねばならなかった。

川船には誰も乗っていない。だが、ゆっくりと動き始め、隅田川の河口の方へ流れ、そのまま江戸湾の方へ流れ出した。

それを――離れた路地から見ていた着流しの伊藤は、

「なるほど。考えやがったな……」

と隣にいる松蔵に言った。

すぐに松蔵も気づいたようで、十手で掌を叩いた。

「川の流れに乗って河口まで下り、そこから先は丁度、今、引き潮だから、それに乗って沖合に流れ出るって寸法ですかい」

「だな……しかし、こっちも読んでる。船の流れる先には、幾重にも町方の船が待ち構えているからな。越中島《えっちゅうじま》であろうが、佃島《つくだじま》であろうが、辿《たど》り着いた所で、金を取りに来た者を取り押さえるまでだ」

伊藤がそう呟いていると、沖合に流れ出たはずの川船がなぜか大きく横揺れし出した。淡水と海水が混じり合うこの一帯は、まるで渦が巻くように波立つことがある。

小さな川船ならば、ひとたまりもなく転覆するであろう。そこまで敵は計算していなかったということなのか。川船は大きく揺れながら、千両箱がずれた勢いが影響したのか、そのまま横転するように傾き、

——ズブズブ……。

音を立てて、沈んでしまった。もちろん千両箱も一緒に、宵闇の海の中にあえなく消えてしまったのである。

「え、えらいことだ」

思わず伊藤が飛び出すと、松蔵も一緒になって橋の上まで駆け出した。他にも、町人に扮していた捕方や岡っ引たちが、川沿いの道や対岸に姿を現した。

さらに海上でも、予《あらかじ》め控えていた屋形船や釣り船などが一斉に、沈没した川船の方へ漕ぎ出した。だが、千両箱を載せた川船はまったく見えなくなった。

「なんてことだ……これじゃ、どうしようもないじゃねえか……」

舌打ちをした伊藤は、橋の袂《たもと》の方に町方同心の姿を見た。すぐに翻《ひるがえ》るように路地裏に消えたが、ほんの一瞬、辻灯籠《つじどうろう》に浮かんだ顔をハッキリと見た。

「——おや。あいつは……」

「なんでやす」

訊き返す松蔵に、伊藤は険しい目になって言った。

「たしか、北町の横峰だ……横峰源次郎《げんじろう》……どうして、こんな所に……」

「へえ。ちょいと尾けてみやす」

何かを察した松蔵は、すぐさま横峰が立ち去った路地裏に駆け出すのであった。

五

讃岐綾歌藩の藩邸に、菊之助が現れたのは、その翌朝だった。いつもの傾いた姿ではなく、きちんと羽織を着ていたものの、まったく落ち着かない様子だった。

玄関にて対面した城之内は、心ここにあらずという感じで、相手にしていた。

「──だから、何度も言ったとおり、おまえなんぞに若君が会うわけがなかろう。とっとと帰るがよい」

城之内は吐き捨てるように言ったが、菊之助は縋《すが》るように、

「お願いでございます。なんとか力を貸して下さい。桃香さんのことなのですよ」

「桃香……ああ、若君の許嫁のな」

鼻白んだ顔で城之内は言ったが、菊之助は真剣なまなざしで必死に訴えた。

「そうです。桃香さんのことです。俺……いえ、私は若君といつぞや、賭けをしました。桃香が私に惚れれば、五千両を差し上げる。その代わり、私が袖にされれば十万両を、若君にご祝儀としてお渡しすると」

「何の話だ……ああ、そのような戯《ざ》れ言、若君も覚えておらぬ。とにかく、取り込んでいるのだ。さあ、帰れ」

「お願いでございます。桃香さんが帰ってこないのです。いつ殺されるかもしれないのです。どうか若君と……」

「桃香のことなど知らぬ。こっちは若君が……」

と言いかけて城之内は口をつぐんだ。

「若君がなんでございますか」

「いや、それはいい。で、なんだ。いつ殺されるかもしれぬとは、穏やかでないが」

さすがに城之内も言い分くらいは聞いてやろうと思ったのか、黙って立っていた。

「――はい。実は……桃香は、あ、桃香さんは私の許嫁として、〝鬼面党〟に人質として取られ、行方が分からないのです」

菊之助は、桃香が拐かしにあったであろうこと、伊藤ら南町奉行所の者たちが身代金の受け渡しに失敗したことなどを伝えて、改めて懇願した。

「金が相手に渡らなかったのは、船がひっくり返るという事故でした。だから、『相手も大目に見てやるから、改めて指示する』と書いて寄越したのです。但し、五千両に吊り上げると」

「ならば、素直に渡せばよい話ではないか」

「ですが、親父は三千両も出したのに、この体たらくだと怒り心頭で、二度と出さぬと言ってます。沈んだ千両箱は、潜って拾い上げれば済む話。どうせ浅瀬ですから、大した手間もかかりません。でも、親父は二度と御免だと……」

「だから、うちに出せと」

「前に預けた五千両を拝借できればと存じます。それと……ゲホゲホ」

慌てて話していた菊之助は噎《む》せたが、息を吸って落ち着くと、

「できれば、若君のお力も借りたいのです」

「若君の力というてもな……」

「聞いたところでは、奏者番でおられるとか。私にはそれがどのような役職かはよく存じ上げませぬが、上様の御側役のようなもの。しかも、上様とご親戚であらせられるならば、大目付とか目付とか偉い人たちは、大番方たちも総出で、探すことができるのではありませぬか」

必死に訴える菊之助に、城之内は呆《あき》れ果てて、

「おいおい。そんな町娘如きに、公儀が総出でとは……おまえは勘違いをしておる。そもそも、我が藩にはさような権力などありはせぬ。出直せ」

「でもでも……！」

菊之助は城之内の袴の裾を摑んで、

「お願いでございます。他ならぬ桃香様のことですよ。繰り返しますが、若君の許嫁なのではないのですか。許嫁が人質にされているのに、何とも思わないのですか」

城之内は先程から嫌な予感がしていたが、俄《にわか》に胸の辺りがざわついてきて、

——そういえば……昨日から邸内では姿を見ていないな。

と思った。

騙《だま》して逃げ出してから、どうせ舞い戻って奥にいると思っていたが、確認をせねばならぬと思い立った。

「何とかして下さい、城之内様……」

「ちょっと待て」

と城之内は制してから、一旦、屋敷の奥の方へ引っ込んだ。

しばらくして、「わあああ、あああああ！」と絶叫が起こった。何事かと菊之助は構わず玄関から上がったとき、城之内が廊下を駆け戻る音がして、しがみついてきた。

「若……いや、桃香は一体、いつ何処で、どのように攫われたのだ。詳細を申せ。さあ、すべて知っていることを話せ」

今度は城之内の方が異様に興奮して、菊之助を激しく揺さぶった。

「痛い……痛いです……」

今度は菊之助の方が、何事かと戸惑《とまど》っていた。

半刻後、城之内は『雉屋』の奥座敷に、憤懣やるかたない顔で座っていた。その前に控える福兵衛に向かって、

「どうして早く報せなかったのだ。若君が人質になったこと、おまえは知っておったのだろうが。何かあってからでは遅い。いや、もう遅すぎる。万一のことがあったら、どうしてくれる」

怒りと悲しみが入り混じって、城之内はぶるぶると全身を震わせている。

「落ち着いて下さいませ、御家老様」

「これが落ち着いておられるか。そもそも、おまえや久枝が桃太郎君を甘やかしておったから、こういうことになるのだ」

「その話は後にして、とにかくお気を確かに……すでに大岡越前様も此度のことは承知しておられますし、本当に若君……桃香が人質になったかどうかも、調べてお

るところでございます」

「そんな悠長な。屋敷には帰ってきておられぬのだ」

「もしかしたら、いつものように自分ひとりで探索をしているのかもしれません」

「それはそれで危ういではないか。相手は血も涙もない〝鬼面党〟であろう」

「だからこそ、大岡様も慎重に事を進めておいでです」

「福兵衛……」

城之内は険しく眉を逆立てて、

「この儂がそんなに頼りないか。これでも御家を思い、若君のことを誰よりも大事に思っている忠臣のつもりだ」

「承知しております」

「ならば町方なんぞに任せている時ではない。いくら名奉行とはいえ、旗本に過ぎぬ。所詮は下手人を挙げたいだけのことだ。こっちは我が子以上に大切な御方。盗賊のことなどどうでもよい。若君を助けることさえできればよいのだ」

「讃岐綾歌藩に世話になっている私も、同じ気持ちです」

福兵衛は毅然と言った。

「だからこそ、下手なことはできない。大岡様も、桃太郎君のご事情は百も承知です……ですから私も、伊藤洋三郎様に出向いて貰うのは反対でした。しかし、『信濃屋』のご主人が……」

「泣き言はいい。三千両は改めてこちらで用意する。町方に余計なことをさせぬよう、犬山におまえから言うておけ」

「しかし、御家老が自ら動けば、却って〝鬼面党〟が何か勘づいて、若君が余計に危難に陥《おちい》るかもしれません。ここは落ち着いて、大岡様の指図に従って……」

「もうよい」

城之内は話を打ち切るように立ち上がり、

「町方の探索は失敗したのだ」

「え……」

「川船が転覆したと聞いたが、恐らくそれは敵の罠《わな》であろう」

「敵の罠……」

「さよう。その時、伊藤をはじめ町方の連中が慌てて、様子を見に集まったというではないか。捕方たちが乗っていた屋形船や釣り船も一斉にな」

「はい……」

「町方が張っているかどうかを、敵は確かめたに違いない。次、同じ手口を使ったら、必ず若君は殺される。そうでないと、おまえは言い切れるか」

「……」

「このことは伏せておけ。儂《わし》にも考えがある」

来たときと同様に怒りの顔つきのまま、店から表に出ていった。

そこには、主立った家臣たちが数人、待ち構えており、城之内の指示に従って、四方に散った。自分たちで桃太郎君の行方を探し出し、事件を解決する気概である。

むろん相手が誰であれ手加減することなく、斬り捨てるつもりであろう。

慌てて福兵衛は追ってきたが、城之内はもはや聞く耳を持たなかった。

「これは綾歌藩の事件じゃ」

強い口調でそう言うと、城之内は自らも菊之助から聞いた話を頼りに、探索に乗り出すつもりであった。

六

菊之助はもちろん、桃香と桃太郎君が同一人物であることは知らない。

城之内はその秘密に気づかれぬよう、此度の事件の顚末《てんまつ》を聞き出したのである。

その菊之助も、綾歌藩が動いてくれると安心し、自分もできる範囲で桃香の行方を探していた。

銀簪が落ちていた所、若い娘が倒れた所に何者かが集まっていたこと、駕籠に乗せられて何処かへ運ばれたことなどを、まるで岡っ引のように調べていた菊之助が辿り着いたのは、羅漢寺だった。ここは、木場にある『信濃屋』からさほど離れていない。

鬱蒼とした境内に入って、何か手掛かりはないかと五百羅漢を眺めながら歩いていると、何処からか歌声が微かに聞こえた。明瞭ではないが、

『——来るか来るかと待たせておいて、よそにそれたか、まぐれ雲……お山こシャンリン、お山こシャンリン、お前吹く風わしゃ飛ぶ木の葉、どこへ落ちるも風次第、お山こシャンリン、お山こシャンリン……』

と甲高《かんだか》い女の声である。

これは越中おわら歌で、菊之助が子供の頃に、越中小原村の出だという乳母がよく歌ってくれていたものだ。元々は、肥後天草《ひごあまくさ》の〝ハイヤ節〟で、佐渡《さど》おけさなどと同じ流れを汲むものだという。

歌声は寺の隣にある荒れ放題の武家屋敷から聞こえる。

「こんな所に……」

菊之助は羅漢寺の山門に戻り、通りをぐるりと巡って、その武家屋敷に入った。しだいに声が大きくなったが、突然、ピタッと途絶《とだ》えた。だが、錯覚ではない。確かにここから聞こえた歌だった。

開けっ放しになっている玄関に踏み込むと、ピタッと首根っこに冷たいものが触れた。刀身であることは、すぐに分かった。菊之助が微動だにできぬほど、殺気が籠《こ》もっていた。

「当家に何用じゃ」

男の声がしたが、振り向くこともできぬまま、菊之助は少し震える声で答えた。

「俺は……菊之助……すぐそこにある材木問屋『信濃屋』の倅です」

「……」

「じ、実は許嫁が拐かしに遭ったので、探しているのでございます。な、何でも宜しいので、何か見たり聞いたりしたことがあれば、教えていただきたくて……」

菊之助は緊張しながらも、精一杯、尋ねたが、相手は刀を首にあてがったまま、

「当家とは関わりない」

と答えた。

「そうですよね……はい……帰りますので、どうか、刀を……」

わずかに間があって、相手は刀を引いた。恐る恐る振り返ると、大山だった。むろん、お互い初対面である。

「申し訳ありませんでした」

深々と頭を下げて菊之助は立ち去ろうとしたが、

「あの……今しがた、歌声が聞こえたのですが……あれは、どなたですか」

と訊いた。

「うちの下女だ」

大山はすぐに答えたが、もちろん嘘である。奥座敷に留めている桃香の声だ。

「下女……越中おわら歌ですよね。あれは、私の乳母がよく歌ってくれたもので、私がたまに桃香に聞かせていたのです」

桃香という名に、大山はわずかにピクリと目元を動かした。菊之助はそれを見逃さず、すぐに問いかけた。

「もしかして、ここに桃香がいるのでしょうか。俺の許嫁なんですがね」

「知らぬ。帰れ」

「今、言いましたとおり、拐かされて行方知れずのままなのです。正直に話します。身代金を出したのですが、途中で事故に遭って、その……また新たに身代金を求められたのです」

「関わりない。とっとと立ち去れ」

「では、その女中さんとやらに、一目でいいので会わせて下さいませんか」

「立ち去れと言うておる」

声を強めた大山は、収めたばかりの刀の鯉口《こいくち》を切った。菊之助が思わず後ろに跳び退《すさ》ったとき、「どうかなさいましたか」と声があって、奥から桃香が出てきた。

大山はシマッタという顔になったが、菊之助は飛び上がらんばかりの勢いで、桃香に駆け寄った。しかし、桃香の方は仰天してアッと身を引いた。丁度、淹《い》れ立ての茶を手に持っていたので、菊之助にかかってしまった。

「うわっ……あちちち」

一瞬、離れた菊之助に、桃香は不審なまなざしを向けて、

「どなたです、あなたは」

と言った。

すぐさまふたりの間に割り込んだ大山は、刀の鯉口を切ったまま睨みつけ、

「立ち去れ。でないと……」

ふたりとも斬るとでも言いたげな目つきに変わった。

「——も、桃香……無事だったか……よかった……心配していたのだ」

菊之助が安堵したように声をかけると、桃香は訝しげに、

「桃香……？　私は、あやめ、と……」

「何を言ってるのだ。俺だよ、菊之助だ……こんな近くに囚《とら》われてたとはな。安心しろ、桃香。すぐに助けてやるからな」

腕に少々覚えがある菊之助は、袖も捲って身構えたが、大山は落ち着いた顔で、

「あやめ……こやつは、おまえをこんな目に遭《あ》わせた賊の一味かもしれぬぞ。助けに来たなどと……ますます怪しい、俺が成敗してやるゆえ、安心せい」

と言った。

あやめと呼ばれた桃香は素直に、大山の背中に隠れた。

「おい。ふざけるな。どうしたってんだ、桃香……町奉行所は大岡様が先頭に立って探索をしている。讃岐綾歌藩の若君も、家臣総出で探してくれている。おまえは、何者かに拐かされて、ここに拉致されているのだ」

「若いの。拐かしてきた娘なら、かように自由にはさせてはおらぬ。人違いだ。桃香とやらを探すのなら、他を当たれ」

「ふざけるな……なあ、桃香。俺だよ、菊之助だよ」

切迫した顔で言う菊之助を目の当たりにしても、桃香は首を横に振るだけであった。

「見てのとおり、おまえなんぞ知らぬとな。さあ、怪我をせぬうちに帰るがよい」

大山が声を強めたとき、菊之助は半ば自棄《やけ》っぱちで、大山に飛び掛かった。次の瞬間、大山は鋭い抜刀術でバッサリと、菊之助の胴を斬り裂いた。

「うわっ――！」

菊之助は俯すように、前のめりに倒れた。

「！……」

驚く桃香に、大山は静かに言った。

「安心せい。峰打ちだ。手元が少々狂ったから、肋《あばら》が折れたかもしれぬがな」

「――この人は一体……」

桃香が訝《いぶか》しげに近づこうとするのへ、大山は離すような仕草で、

「どうやら、おまえは誰かに狙われているようだ。やはり、しばらくここに身を潜めていた方がよさそうだ」

「でも……」

「こやつのことは、横峰に任せることにしよう。奴なら、何とかしてくれるであろう」

もっともらしく大山が言うのを、桃香は素直に信じた。が、目の前に気絶している菊之助のことは、心配そうに見ていた。

その夕暮れ――。

横峰が訪ねてくるなり、大山に向かって、

「『信濃屋』の菊之助が来たそうだな」

と訊いた。

上役に言う態度ではなく、責めるような口調に変わっている。大山はそのことは

何とも思っていない様子で、

「――どうして、そのことを……」

「この屋敷は、〝鬼面党〟の連中が何人か見張ってるんだよ」

「俺を信じられぬというわけか」

「そうじゃないが、昔のあんたのように正義感が蘇られちゃ、こっちの手筈が大幅に狂ってくるのでね」

「段取りなら、もうおかしくなってるのではないのか……身代金を乗せた川船は転覆したしな……菊之助の話じゃ、大岡越前が直々、動いているそうだしな」

「なに……?!」

「そんなに驚くことはなかろう。南北の違いがあるとはいえ、町奉行所の動きを〝鬼面党〟に洩《も》らしているのだからな、おまえは」

苦々しそうに唇を嚙《か》んで睨みつける横峰に、大山は自嘲気味に、

「もっとも、おまえの言いなりになっている俺も、偉そうには言えぬがな」

「だったら、軽率なことをするべきではなかったな。さっさと斬り殺せばよかったのではないか。何故、生かしておる」

「――おまえは、バカか？」

提灯張りの糊《のり》を練りながら、大山は冷ややかに見上げた。

「なんだと」

「許嫁どころではなく、『信濃屋』の跡取りが、向こうから飛び込んで来てくれたのだ。五千両に吊り上げるどころか、一万両、いや三万両でも、『信濃屋』ならば出せる額だ。ご公儀や諸国の大名に、何十万両も貸しているそうだからな」

大山は当然のように言ったが、横峰は不思議と納得しなかった。

「俺は間違ったことを言っておるか？」

「そうではない……〝鬼面党〟の頭領が命じていることだ」

「〝鬼面党〟の頭領とは、誰なのだ」

「知らぬ。俺も会ったことはない。幹分《こぶん》の竜造《りゅうぞう》から伝えられているだけのことだ」

「妙だな……」

「あんたが詮索することじゃない。下手に首を突っ込むと、あんたも……」

「コレか」

と首を斬る真似をして、大山は笑った。

「それも仕方あるまい。この世に未練はさほどないのでな。おまえに弱味を握られたのが、間違いの元だった」

「今更、泣き言か……こっちも、あんたのお陰で、随分と冷や飯を食わされた。三十俵二人扶持のしがない同心稼業なのに、命を賭けてる。少しくらい、いい目をしたっていいだろうが」

横峰は苛ついた声で言うと、犬山は提灯の骨組みに糊を塗りながら、

「ま、そうだな……」

と寂しそうに頷くだけであった。

七

品川宿外れにある小さな船宿の二階に、数人の男が集まっていた。いずれも品の良さそうな大店の主人風だが、〝その筋〟の者が見れば、一癖も二癖もある眼光鋭い者たちばかりであった。

床の間の前に座り、煙管《きせる》を銜《くわ》えている温厚な顔の男が、傍らにいる一際、大柄な関取風の男に声をかけた。

「——竜造……奴は大丈夫なのだろうな」

「へえ、それはもう。横峰の旦那も見張りもつけておりますので」

竜造と呼ばれた男が答えると、その親分であろう温厚な顔の男——〝鬼面党〟の頭領・鬼兵衛《きへえ》は煙をくゆらせ、

「その横峰が大丈夫かと訊いてるんだ。奴は奉行所内でも、裏切り者として、あま

り信頼できない奴だからな」

「ですが、船をわざと転覆させて、張り込んでいる町方の奴らがいるのを炙り出したのは、奴の考えです。金もたんまり与えてやすから、俺たちを裏切るとは考えられません」

「ほう。おまえは随分、肩入れしてるじゃねえか」

「肩入れだなんて……利用してるだけです」

恐縮したように竜造は頭を掻《か》いた。

鬼兵衛は、箱火鉢の縁で煙管を叩いて灰を落とし、

「元はといえば、おまえがヘマをこいたからじゃねえのか、竜造」

「相済みません……」

「あの桃香とかいう小娘は、なんだか知らねえが、前から俺たちのことを探ってた。この船宿のことも調べてた節がある」

実は、桃香はいつものように町娘に扮して、渦中の〝鬼面党〟のことを探索していたのだが、竜造が少し逃げ遅れたことがあり、桃香はその顔をハッキリと見ていたのだ。

「すぐに探して殺しても良かったのだが、調べてみたら、『信濃屋』の倅とよく一緒にいやがる。どうやら許嫁のようだとおまえが言うから、渡りに船と次の獲物に

と睨みをつけたんだ」

「へえ、おっしゃるとおりで……金を手に入れた上で、どうせ殺すつもりです」

竜造は子分たちに掏摸をさせて一芝居し、桃香を人気の少ない方に誘き出した。何度か見かけた時に、困っている人を助けるなど、正義感の強い娘だということを、承知していたからである。

案の定、桃香は掏摸を追いかけた。そこで待ち伏せしていた竜造の子分が、足に縄を絡《から》ませて捕らえたのである。

その時、思いがけず桃香は頭を縁石で打ち、〝記憶喪失〟のようになったのである。

これまでも攫った人質の見張り役は、大山が請け負っていた。その際は、目隠しをしたりして、自分の屋敷の一室に置いていたのだが、此度は物忘れをしているようだとのことで、大山は自分のもとに預かっていたのだ。

「何年か前に亡くした、自分の娘のことと重なったみてえで……」

「知るか。素直に身代金を手に入れるか、さもなきゃ、店に押し込んで皆殺しにしてでも奪い取ればよかったんだ」

鬼兵衛の優しそうな面立ちが、わずかに憎々しげに歪んだ。拐かしと押し込み、この二段攻撃とも言える恐怖が広がっているからこそ、大店はすぐに身代金を払うのだ。

「ですが、五千両に増やしても、『信濃屋』は払うつもりでやす。しかも、どうやら『信濃屋』の倅まで、大山の所に転がり込んできやした。そうだな、鱒吉《ますきち》」

竜造が話を向けると、末席に座っていた子分の鱒吉が素直に頷いた。

「間違いありやせん。ですから、もっと吹っかけてもいいじゃねえかと思いやすが」

黙って鬼兵衛は聞いているが、薄目になって疑わしい目になった。

「――なんだか妙な塩梅《あんばい》になりやがった……もしかしたら、それも罠かもしれねえな」

「まさか、そんなことは……」

竜造は否定したが、鬼兵衛の面相はますます険しくなり、

「大山と一緒に、桃香とやらを殺せ」

「えっ……」

「隠居与力と下女が死んだことにすれば、それでよかろう。桃香は物忘れをしているらしいが、思い出されてはこっちが危うくなるかもしれねえからな」

「でも……」

「てめえの尻拭《ぬぐ》いをしろってんだ」

有無を言わさぬとばかりに、鬼兵衛は竜造を睨んでから子分たちを見廻した。

「段取りが狂ったから仕切り直す。菊之助を人質に変えて、『信濃屋』を脅す。言うことを聞かなければ、殺した上で押し込む」

「へえ」

子分たちは一斉に頷いて答えた。

「余計な小細工は一切しねえ。そのために、後が面倒だから、大山と桃香って娘はすぐにでも消しておけ。いいな」

もう一度、子分たちは真顔で承知した。竜造も頷くしかなかった。

大山の屋敷の離れには、菊之助が後ろ手に縛られ、猿轡《さるぐつわ》を嚙まされていた。必死に藻掻いているが、なかなか外れそうにない。

そこに、桃香が忍び足で入ってきた。

菊之助は喉の奥で、大声を上げようとしたが、シッと桃香は指を立てた。そっと側に寄って座ると、桃香は訊いた。

「苦しいでしょうけど、そのまま答えて下さいね」

「う、うう……」

「あなたは私のことを知っている様子でしたが、本当にご存じなのですか」

「……」

戸惑う菊之助だが、桃香が自分が誰かも分からないことを話すと、衝撃を隠しきれなかった。だが、とんでもない事態に陥っていると分かった菊之助は必死に頷いた。

「私は何処の誰なのですか」

「あ、うっ。うう……」

悶えて首を振る菊之助の猿轡に、桃香は手を触れながら、

「絶対に大声を出さないで下さいね。でないと、あなたは殺されるかもしれません」

「ひっ……」

菊之助が何度も頷くのを確認して、桃香は猿轡を外してやった。だが、まだ腕は縛られたままだ。それでも、菊之助は安堵して、声を押し殺しながら、

「無事で良かった……おまえは、桃香という名で、門前仲町の呉服問屋『雉屋』の姪っ子だ。それも忘れちまったのかい」

「桃香……『雉屋』の福兵衛、南町の犬山勘兵衛に伊藤洋三郎、岡っ引の猿吉……そういう名前は思い出していたのですが、一体、私とどういう関わりかは分からないのです」

驚いた菊之助は、目をパチクリさせながら、

「そこまで思い出しながら、俺のことは分からないのかい。この顔を見ても覚えがないのかい、なあ桃香……」

「シッ――」

「こいつはすまねえ……おまえは俺の……」

「俺のなんですか」

「許嫁なんだ」

「ええ、本当なのですか……許嫁……あなたの……」

「なんだよ、その残念そうな言い草は。でも、そうなんだ。ああ、そういうことにしておこう……いや、そうなんだ」

曖昧な菊之助に、桃香は却って困惑したように首を傾げた。

「で、あなたは……」

「俺は、深川の材木問屋『信濃屋』の跡取り息子の菊之助だ。忘れたのかい」

「信濃屋……菊之助……」

「とにかく、桃香……おまえは俺の許嫁として、攫われてここに連れてこられた。でもって、身代金を三千両……」

あらましを菊之助は話してから、自分は懸命に探しに来ていて、越中おわら歌が

聞こえたから、この屋敷に来たと言った。

「そしたら、こんな目に遭《あ》ったんだ……」

菊之助はごそごそと体を動かした。

「越中おわら歌……？」

「——来るか来るかと待たせておいて、よそにそれたか、まぐれ雲……」

「ああ。その歌ですね……ええ、しぜんに出てきたんです」

「俺が教えたんだよ」

不思議そうに、桃香は菊之助を凝視した。

「で……どうして、私とあなたは許嫁なのでしょうか」

「ど、どうしてって……とにかく、讃岐綾歌藩の若君も心配して、お金を出してくれた上で、家臣たちも懸命に探してくれてる」

「讃岐綾歌藩の若君……」

不思議そうに小首を傾げる桃香に、菊之助は首を横に振りながら、

「あ、余計なことを言っちまったけど、それはどうでもいいんだ。とにかく、腕を解いてくれないか。一緒に逃げよう、さあ」

と訴えた。

だが、桃香はあまり信頼している様子ではなく、縄を解くことは躊躇《ためら》った。

そのとき、母屋の方で激しい怒声が湧き起こり、ドタドタという物音がした。人が争う声が沸き起こり、「何をするのだ」と叫ぶ大山の声もした。同時に、渡り廊下を走る音がして、数人の賊が押し込んできた。

入ってきたのは竜造とその手下たちだった。廊下には、ふいをつかれたのか、脇腹を匕首《あいくち》で刺された大山が倒れているのが見える。菊之助は目を凝らした。

「あっ――!」

思わず立ち上がった菊之助は、桃香を庇うように前に出て、

「なんだ、おまえたちは」

「うるせえ」

匕首で突きかかってくる手下のひとりを、菊之助は後ろ手に縛られたままで、足払いをかけ、その背中を蹴倒した。

「ふざけやがって」

別の子分が匕首を振り下ろしてくるのへ、菊之助はしゃがみ込んでから、体当たりで額を相手の顎に激突させた。鈍い音がして子分は吹っ飛んだが、菊之助の方も肩口を切られて鮮血が飛んだ。

「桃香は俺の大事な女だ。殺すなら、俺を殺せ、このやろう」

菊之助は声の限りに叫んだが、竜造は冷笑を浴びせて、

「元気な若旦那だな」

「えっ……」

「おまえはまだ生かしといてやる。たんまり、親父から金を貰うまではな。つまり、そっちの娘は用無しだ」

「なんだと、このやろう」

突進してくる菊之助を、竜造は張り倒した。その勢いのまま竜造は、匕首を抜き払って桃香に向かった。

「桃香、逃げろ！」

仰向けに転んだまま菊之助が叫ぶと、子分が足で踏みつけた。

「てめえが誰かも忘れてるようだが、あの世に行って、ゆっくり思い出すんだな」

匕首を突き出す竜造の前から、桃香の姿がふっと消えた。一瞬にして、背後に廻っていた桃香は竜造の背中を思い切り蹴った。物凄い勢いで、頭から襖《ふすま》に倒れ込んだ。

「なんだ、この女《あま》……！」

子分たちが躍りかかったが、桃香は相手の腕を摑むと小手投《こてな》げで倒し、匕首を奪い取るや、背後から襲いかかってくる子分の肩口をグサリと刺した。

奥の襖に突っ込んでいた竜造は怒りの顔で立ち上がると、その大きな体で覆《おお》い被さるように殴りかかってきた。が、桃香はその下に素早く潜《もぐ》り込むと、帯を摑んでヒョイと投げた。相手の勢いを利用したのだ。

ドスン――と背中から廊下に落ち、そのまま庭に滑っていった。

桃香は菊之助の腕を縛っている縄を匕首で切ると、

「さあ、お逃げなさい」

と廊下に押しやった。だが、目を丸くしている菊之助は、呆然と立ち尽くしていた。

「も、桃香……なんだ、おまえ……」

気が強くてお転婆で、並の男を倒すくらいの腕前はあるとは承知していたが、凄すぎて怖くなるくらいだった。菊之助は驚きのあまり、身動きできなかった。

「早く。何をしているのですか」

「は、はい……！」

思わず返事をして、菊之助は逃げようとした。

その先に、大山が悶え苦しみながら倒れているのを見て、思わず駆け寄った。脇腹を怪我しているが、致命傷ではない。この侍も襲われたということは、敵ではないということだ。

肩を貸して大山を立ち上がらせた菊之助は、力を振り絞って、屋敷から連れて出ようとした。しつこく追いかけようとしてくる竜造たちを、桃香は長押《なげし》に架《か》かっていた槍を摑んで、さらに薙《な》ぎ倒した。

「これ以上、やるというなら怪我では済みませんよ。いいのですか」

槍の穂先を突きつけると、その鋭さに竜造たちは一歩も動くことができなかった。

それでも、竜造は歯ぎしりし、怒声を上げながら斬りかかってきた。

桃香の槍が一閃、ほんのわずか切っ先が動いただけだが、竜造はなぜかその場に倒れて、呻き始めた。

「ごめんあそばせ。手元が狂って、殿方の大事な所に当たったみたいね。さあ、どいつから切り飛ばしてやろうか！」

穂先をスッと突き上げると、子分たちは腰が引けてしまった。それを見ていた菊之助もぶるっと震えて、

「と、とんでもねえ女に惚れちまったなあ……」

と呟きながら、その隙に大山を抱えて逃げだすのだった。

八

『信濃屋』に帰った菊之助は、心配かけたと父親に謝ってから、大山と桃香を診る

ために、深川養生所の藪坂清堂先生に来て貰った。大山はかなりの深傷《ふかで》だが、命に別状はない。桃香の方は、何とも言えぬがしばらく様子を見るしかなかった。

店の周辺は、伊藤ら町方が〝厳戒態勢〟で見守っていた。此度は、身代金が入らなかった上に、人質を逃がしてしまった。しかも、思いも寄らぬ怪我までさせられて、〝鬼面党〟が黙っているとは思えないからだ。

これまでも凶悪な仕返しをしてきた奴らのことだから、何をされるか分からない。異変を察するため、寝ずの番を置き、番犬も庭に放っていた。

「もう大丈夫だからな。俺がついてるから、心配はいらねえ」

菊之助は桃香を慰めるように言ったが、内心はひやひやしていた。すでに借りてきた猫のように大人しくなっている桃香は、

「——怖かったあ……」

と呟いたりしている。が、凶悪な輩をバッタバッタと倒す桃香の姿は、思い出しても身震いする菊之助であった。

「本当に何事もなくて、よかった。もし菊之助さんがいなければ、桃香がどんな目に遭っていたか……ありがとうございました」

叔父として迎えに来ている福兵衛は、桃香をすぐにでも連れて帰ろうとした。だが、菊之助は引き止めて、

「また狙われては危ないから、うちにいた方が……」

「いえ。桃香は菊之助さんの許嫁と、間違われて拐かされました。そうでないと分かったのなら、もう危ない目には遭いますまい」

「いや、許嫁じゃないと分かったわけではないし、それになんだ……悪い奴の顔を見たから逆恨みされるとも限らない」

「それならば、讃岐綾歌藩に匿って貰った方が安堵できるかと思います」

「そんな……だってよ、桃香は自分のことも覚えてなくて、知らない武家屋敷に行ったりしたら、不安じゃないかな」

菊之助が懸命に引き止めようとしているのを見ていて、桃香は素直に、

「私はここに留まります。だって、命がけで私を助けてくれようとしました。この人のことを信じます」

とハッキリと言った。

驚いたのは福兵衛だが、依怙《えこ》地《じ》なところは物忘れをしても同じなのか、言い出したら聞きそうになかった。

「も、桃香……」

嬉しそうに頷いた菊之助は、しっかりと桃香の手を握りしめ、

「決して離さないからな。いっそのこと、すべてを忘れたまま、ここにいて欲し

い」

「えっ……」

「あ、いや、変な意味じゃない。俺は一生、おまえを護《まも》り続けるつもりだぜ。誰かが言ってたけど、夫婦になる者同士は、遠い昔も夫婦だったんだ。何百年何千年経っても、また会える。それが夫婦の縁ってものらしいぜ。だから、俺たちも……」

勘違いしたような菊之助の言い草に、桃香は少し表情が和らいだ。福兵衛は心配そうに見ていたが、町奉行の警固が堅いのは確かだ。城之内の命令で、綾歌藩の者たちも密かに『信濃屋』を見張っている。しばらく様子を見ることにした。

一方、大山は離れに移され、伊藤洋三郎に、じっくりと話を聞かれた。

「すまぬ。迷惑をかけた。おまえたちには会わせる顔がない」

自分は〝鬼面党〟が拐かした者を預かったりして、身代金の簒奪《さんだつ》や押し込みの手伝いをしていたことを認めた。素直に謝ったものの、俯いたままで要領を得ない大山に、伊藤は遠慮がちに問いかけた。

「南北の違いはありますが、大山小兵衛様といえば、町奉行所にこの人ありと言われた吟味方与力でした。何故、盗賊一味の仲間なんぞをしていたのですか」

「……」

「あなたが、ある事件で罪人を大番屋から逃がすという不正を犯して辞めた……そのことは、私も承知してます。それは、罪人の仲間が、大山さんの娘さんを拉致し、解き放たないと殺すと脅されたから……でしたね」

伊藤は古傷に塩を擦《す》り込むように言った。

「だが、結局、娘さんは遺体で見つかった……とんでもない奴らだ。いい加減な私だって、心底、怒りが湧《わ》いてきますよ。でも……」

「でも、なんだ」

大山が初めて感情を露《あら》わにする顔になった。

「娘を人質に取られたら、誰だって同じ事をする。おそらく大岡越前様でもな」

「だからといって……」

「娘が殺された。その時、私の人生も終わったのだ……誰にも同情なんぞされなくていい。後は下手人を探して、この手で……」

と言いかけて、大山は口を閉ざした。

その顔をじっと見据えていた伊藤は、何か思い当たる節があったのか、目がわずかにキラリと光った。

「もしかして、娘さんを殺した奴なのですか、〝鬼面党〟が……」

「……」

「それで、味方のふりをして虎視《こし》眈々《たんたん》と狙ってたのですか、〝鬼面党〟を」

責め立てるように言う伊藤に、大山は自嘲ぎみに、

「私にはそんな元気はないよ。〝鬼面党〟は娘の一件とは関わりないであろう。だが、無性に腹が立って、この手でぶった斬りたいとは思う。こんな輩に、法の裁きなど必要あるまい」

と言った。

伊藤は圧倒されたが、〝鬼面党〟のことをどこまで調べているのか、教えて欲しいと両手をついて頼み込んだ。だが、大山は本当に何も知らない、頭領の鬼兵衛の顔も知らないと答えた。

「北町の横峰は、〝鬼面党〟に奉行所の探索状況を伝えているが、その横峰も頭領には会ったこともないとか」

「横峰……北町の横峰源次郎ですか」

「さよう」

「これは驚きだ……この私も袖の下同心などと揶揄《やゆ》されてますがね、北町にはとんでもない与力や同心がいたもんだ」

さすがに伊藤も怒りに打ち震えながら、

「腐り切ってる。少なくとも横峰や大山さんが手伝わなければ、死ななくて済んだ者はいるし、大金を盗まれなかった商人もいる。あんたらも同罪だッ」

「もちろんだ……頭領の鬼兵衛をぶった斬り、子分どもも引っ捕らえたら、私は腹を切るよ。それが、せめてもの娘への供養だ」

　何もかも責任を取るとでも言いたげに、大山が言ったとき、わなわなと震えていた伊藤がたまりかねたように怒声を発した。

「勝手な御託《ごたく》を並べるんじゃねえよッ。あんたが言ってるのは正義なんかじゃねえ。〝鬼面党〟と同じ身勝手なことだ。後はこっちでやるから、知ってることをぜんぶ話しやがれ、このやろう」

　あまりの大声に、張り込んでいた捕方役人や松蔵ら岡っ引も、母屋や中庭から駆けつけてきた。伊藤は大丈夫だと制したが、廊下からは犬山勘兵衛が姿を現して名乗り、

「お奉行が直々に話したいと言うておる。その程度の傷ならば、奉行所の牢部屋でも雑作あるまい。同行して貰おうか」

　と有無を言わさぬ顔で伝えた。

「いや、それは……」

　何か言いたげな言葉を飲み込んで、大山は小さく頷いた。そして、ぽつりと、

「――いいでしょう……私の知っていることはすべてお話し致す。横峰の悪事も洗いざらい、申し上げます」

と言ってから、中庭越しに見える座敷にいる桃香の姿を見た。

「どういう風の吹き廻しかな」

犬山が声をかけると、

「さあ……あの桃香という娘のせいかもしれぬ……ほんの少しの間、同じ屋根の下にいただけだが、なんとなく心安らいだ……」

と眺めながら、大山は落ち着いた声で言った。

「おぬしの娘と重なったのであろう。あの娘のことは俺もよく知っているが、かなりのお転婆だ。しかし、なぜか一緒にいるだけで妙に落ち着くのは確かだ」

「ええ。だが、それだけではない……」

「というと」

「自分が誰か忘れているにも拘《かか》わらず、あまり恐れたり困惑したりしていない。じっと己の事態を受け容《い》れて、冷静に対処しようとしている。かなり強い精神を持ち合わせていると思う……本当にこの『信濃屋』の息子の許嫁なのかと思うくらいだ」

「――ここだけの話だがな。おまえたちは拐かす相手を間違えた」

苦笑混じりで犬山は囁いた。

「やはり……」

「おぬしも相当、焼きが廻ったな。元吟味方与力としての才覚は、かなりあったはずだが……残念なことだ」

犬山勘兵衛が合図をすると、町方役人がふたり来て、大山の体を支え上げた。痛みを堪えながら、立ち上がった大山は言った。

「おそらく〝鬼面党〟は、意地でも『信濃屋』を襲ってくるだろう」

「だろうな……」

「ふだんは十数人だが、集めれば仲間は、百人以上いるとも言われている……最後の御奉公だ。奴らの〝手筋〟を知っている限り、あんたに話しておこう」

すべてを覚悟したような言い草で、もう一度、桃香の姿に目をやった。

九

その夜、信濃屋元右衛門は大番頭の儀兵衛《ぎへえ》、二番番頭の覚兵衛、三番番頭の伊勢吉《いせきち》、手代頭の忠吉《ただきち》ら主立った者たちを集めて、奥の一室で話し合いをしていた。いずれも真剣なまなざしで、神経も張りつめていた。無理もない。盗賊たちが虎視眈々と睨んでいる中、町方同心らが切羽《せっぱ》詰まった様子で店内のあちこちに張り込んでいるからだ。

「ここにいる者だけに、話しておきたいことがある。だが、絶対に口外はなりませんぞ。よいですね」

元右衛門が低い声ながら、しっかりと言うと、一同にさらに緊張が走った。

「大番頭の儀兵衛だけが知っていることだ。実は……物々しく町方役人に警戒をして貰っているが、蔵にはほとんど金はない」

えっ……と、みんなは目を見開いたが、誰も声には出さなかった。

「黙っていたのは、敵を欺《あざむ》くためだ。これは伊藤様の考えでやったことですが、〝鬼面党〟は必ずや、どのような手段を使っても屋敷に押し入ってくる。だから、護衛に来ていた町方中間らが密かに、うちの菩提寺《ぼだいじ》に運び込んでおいたのです」

「菩提寺に……」

覚兵衛がぽつりと呟くと、元右衛門は首を縦に振って、

「そうです。永代寺の裏堂《うらどう》に移しておきました。万が一のときでも、金さえ残っていれば、先祖伝来の店はなんとか持つだろう」

裏堂とは、本堂の本尊の裏手にある隠し部屋である。本来、寺に由緒ある経文《きょうもん》や掛け軸、仏像などを保存しておく場所だ。そこに、とりあえず隠し置いたというのだ。

「まさか、永代寺に金が移されたとは〝鬼面党〟は思いも寄らないでしょう。です

から、奴らは必ず、うちの蔵に何らかの手を使って押し込んでくるはず。みんなも心しておいて下さいよ」

元右衛門がそう言うと、大番頭の儀兵衛は承知したと頷いて、

「店では町方のお役人たちが見張ってくれています。もし、現れたら一網打尽にしてくれるでしょう。だから、安心して下さいよ。でも、くれぐれも油断はしないように」

と一同に念押しした。

「大旦那様……」

覚兵衛が神妙な顔つきで声をかけた。

「店は大丈夫だとしても、お寺の方は大丈夫なのですか。密《ひそ》かに、町方を見張らせたりしなくてよいのですか」

「いいえ。何もしてません。初めは岡っ引でも置いておこうと思いましたが、下手に町方の者が出入りすると、却《かえ》って怪しまれる。ですから、内緒にして下さいよと、言っているのです。いいですね」

「はい――」

番頭や手代たちは顔を見合わせながら、頷いたが、覚兵衛だけは困惑したような複雑な表情で一同を見廻していた。

事件が起こったのは、翌朝未明である。丑三時《うしみつどき》から明け方までが、見張りは疲れもあって油断をし易く、盗賊らは押し込みやすい刻限だった。

永代寺の裏堂の床下に、数人の黒装束《くろしょうぞく》が忍び込んできた。

裏堂には大抵、秘密の扉があり、火事などがあった場合に、大切な宝物《ほうもつ》などを持ち出すことができるようにしてある。その扉を、賊のひとりがこじ開けると、能楽の階《きざはし》のような階段が現れて、黒装束たちは足音も立てずに登っていった。

そこには、千両箱がどっさりと山のように積まれていた。

「でかしたぞ、横峰の旦那……」

暗がりの中で声をかけたのは、竜造である。裏堂と本堂の間の通路には、横峰が立っているのが、格子窓越しに見える。

「急げ——」

横峰が囁《ささや》くように言うと、裏堂の中に最後に入ってきた頭領の鬼兵衛も、溜息混じりに「よくやった」と言い、千両箱に手をかけた。その途端、「あっ」と鬼兵衛は声を上げた。

「なんだ、これは！」

千両箱に見えていたのは、ただの杉板の軽い木箱で、よく商家が擬装するために置いておく偽物である。

「おい。てめえ、騙しやがったな！」

鬼兵衛が内側から扉を蹴り開けて、裏堂から廊下に出ると、横峰も驚いた顔で辺りを見廻した。そこには――町方同心や捕方、岡っ引などが数十人、駆けつけてきて、ズラリと取り囲んだのだ。

「し、知らぬ。俺は何も……」

横峰は必死に首を横に振りながら、自分も逃げようとした。

「だったら、これはなんだ、てめえ」

「本当に知らぬ。俺は、覚兵衛に聞いただけだ。ああ、『信濃屋』の二番番頭のな」

「?!――はめられたな……」

血相を変えて鬼兵衛が逃げ出そうとしたとき、その前に、伊藤と松蔵が立ちはだかった。すぐさま匕首を抜き払って突きかかってきたが、伊藤は抜刀して斬りかかった。

鬼兵衛はひらりと飛び退き、手下たちを伊藤に押しやって、自分は違う方に逃げようと、本堂に繋がる廊下から、ひらりと中庭に飛び降りた。他の者たちは、入ってきた床下に立ち去ろうとしたが、そこはすでに外から閉められており、逃げることはできなかった。

「どきやがれ！」

匕首を振り廻しながら、鬼兵衛は庭の方へ逃げたが、そこにも大勢の捕方が待ち伏せており、刺股《さすまた》や袖搦《そでがらみ》で襲いかかった。

鬼兵衛は往生際が悪く大暴れしていたが、やがて壁際に追い詰められ、最後は松蔵に〝てっぽう〟や〝張り手〟を食らわされ、気を失って倒れた。

竜造ら他の子分たちも、あっという間に取り押さえられて縛り上げられた。

そんな様子を、山門の陰で遠くから見ていた覚兵衛の姿があった。

「——ま、まずい……」

呟いて踵《きびす》を返した目の前には、菊之助が立っていた。

「あっ。わ、若旦那様……永代寺が賊に……お、襲われました……」

言い終わらぬうちに、菊之助の振り上げた拳骨《げんこつ》が覚兵衛の頬骨を砕いていた。

「おまえが裏切り者だったとはな……」

「ち、違います……」

「〝鬼面党〟や横峰と繋がってた大山さんがな、こんな話をしたんだ……〝鬼面党〟は必ず、誰か店の者を籠絡《ろうらく》するか、味方を店に紛《まぎ》れ込ませて手引き役にしている、となり」

「……」

「だから、親父は、大芝居を打ったんだよ。おまえは、まんまと引っかかって、永代寺のことを、横峰に喋りやがった。そうだな」

　菊之助はもう一度、ぶん殴って、

「てめえのことは、散々、可愛がってやったのによ。俺のお陰で二番番頭にまでなったのに、なんで、こんな真似をしやがったんだ。ええ？　金に目が眩《くら》んだか！」

　と声を荒げて詰《なじ》った。すると、覚兵衛の目つきがガラッと悪くなり、

「それがどうした。てめえはどれだけ無駄遣いしてやがるんだ、このバカ旦那が」

「なんだと」

「てめえの尻拭いを散々してきてやったのに、感謝の言葉もねえ」

「だから、こんな真似をしたのか」

「やっぱり筋金入りのバカ旦那だな。すぐ側にいた俺が賊の一味と気づかないとは。毎日毎日、へえこら仕えるのに飽き飽きしてたんだよ」

「おまえ、そんなふうに思ってたのか……小僧として来たときから、親父はずっと可愛がっていたそうじゃないか。だから、二番番頭にまでしてやったのに……」

「うるせえやいッ。お陰でこっちは、何千両も取り損ねたぜ」

　覚兵衛は懐から匕首を抜いて、菊之助に斬りかかった。だが、その腕を摑んで、菊之助は背負い投げをした。地面に落ちた覚兵衛は首を捩《ねじ》って悶絶した。

「──バカやろうは、おまえだ」

菊之助が吐き捨てたとき、松蔵が駆けつけてきて、憐れむ目で見下ろし、

「人ってのは、分からねえもんだな」

と覚兵衛に縄をかけた。


江戸を震撼させていた〝鬼面党〟が一網打尽になったことは、読売によって人々の間にあっという間に広まった。

讃岐綾歌藩でも事件の解決に安堵していたが、城之内は落ち着きなく、屋敷内を逃げ廻る桃香を追いかけていた。家臣たちも慌てて捕らえようとするが、桃香は振袖姿ながら、まるで猿のように飛び跳ねて逃げた。

「お待ち下され、若……いや桃香さん。どうか落ち着いて下され」

城之内は、桃香のことを「若君の許嫁」として家臣たちに伝えていた。その許嫁を、乱心したかのように、捕まえようとしているのだが、なかなか思うようにいかなかった。

するとと、久枝が間に入って、

「乱暴なことは、おやめ下さいまし。仮にも若君の許嫁ですよ」

と声を強めた。

「女が出る幕ではない。これは……」

　そう言いかけた城之内だが、桃香はなぜか久枝には大人しく従う様子を見せた。城之内は家臣たちに、もう手出しするなと命じて、久枝が差し出す手を握りしめる桃香を見守っていた。

　桃香は奥に連れて来られ、ふたりきりになった久枝から、

「まことに、まだお戻りではないのですか、若君……どうなのですか」

　と訊かれた。

「——何のことです」

「あなた様は、讃岐綾歌藩の跡取り、桃太郎君なのですよ。思い出せませぬか」

「私が若君……」

　不思議そうに首を傾げて、体を触りながら、

「でも、私は正真正銘の女です。若君などと……あり得ません」

「はい。女です。ですが、訳あって、男として育てられました。ですから、時折、娘として町場に出ることがあり、私が手助けしておりました。私のことも分かりませぬか」

「……分からない」

　首を横に振った桃香は、食い入るように久枝の顔を見ていた。その純粋な瞳に、

久枝は思わず泣き出しそうになった。

「――本当に分からないのですね……」

「でも、この屋敷には覚えがあるような、ないような……」

「もしかしたら、若君……いえ、桃香様は、若君であることを消したいのかもしれませんね。すべて忘れて、女として生きていきたい……そうなのかもしれませんね」

久枝は同情のあまり涙が出てきたが、袖で拭うと、

「本当の話を致しますね。今のあなたには辛いかもしれませんが、実は……」

女として生まれながら、若君として育てられたことをもう一度、正直に伝えた。そして、若君の許嫁というのも嘘で、桃太郎君なのであることを話した。

「物忘れの若君には、混乱の極みかもしれませんが、本当にあなた様は、女の身でありながら、正真正銘、我が讃岐綾歌藩の藩主なのでございます」

「……」

「ですので、どうかどうか、このままお屋敷にて、お暮らし下さいまし……その御身に何かあれば、江戸家老の城之内も、奥女中頭の私も生きてはおれません」

「生きてはおれない……」

「はい。殿は国元で重い病に臥《ふ》せられております。不謹慎な言い方ですが、いつど

うなられても不思議ではございません。しかも、桃太郎君は幕府の要職に就くかもしれぬお立場……どうか、私たちのためにも、ここにおいで下さいまし」

切々と訴える久枝を見ていて、桃香にはまったくの芝居とも思えなかった。しばらく沈黙していたが、

「――そうですね……私が本当は何者であるのか分かるまで、ここにいても悪いことは、起こりそうにありませんね」

と囁くように言った。

その言葉を聞いて、久枝は両手を額に置いて平伏した。

「久枝さんとやら、そんなふうにしないで下さい。しばらく、ここにいますから」

「本当ですか」

「はい。ですが、お願いがあります」

「なんなりとお申し付け下さい」

「若君の姿をするのは、ご勘弁下さい。それから、私が好きなとき、屋敷から出して下さい。それだけです」

「承知致しました。身のまわりは、これまでどおり私が面倒を見ますので、どうかご安心下さいますよう……」

久枝は言いかけて首を傾げて、

「――それって、今までと同じじゃないですかね……いいえ、若君の姿をしないとなると、家臣たちの前に出ることはなく、江戸城に呼ばれたときに、どうすれば……」

と、ぼそぼそ呟いた。

聞いていた桃香は、久枝から見えないようにペロッと舌を出した。

「それでは……このお姫様のような姿も窮屈なので、できれば女中姿でも宜しいので、着替えてから、ちょっと町場に出ましょう」

「えっ……」

「駄目なのですか」

「ええと、それは……」

「だったら、もういいです。私は本当に誰か分からないのですから、自分を探しに屋敷を出ていくことにします。このままでは拐かされているのと同じですから」

「分かりました。分かりました」

久枝は必死に留めながら、

「その代わり、城之内様には内緒ですよ。私がこっそりと連れ出しますから……」

と言ったが、これまた「いつもと同じではないか」と首を傾げた。

桃香はまた舌をペロリと出して、着替えるために呉服部屋の方へ足を運んだ。その自然な仕草に、久枝の目がキラリと光った。

「呉服部屋が何処かは思い出したのですか」

「えっ……」

「なのに、自分が誰かは分からない。いつから思い出しているのですか」

シマッタという顔になった桃香は、そのまま呉服部屋に駆け込んだ。すぐさま久枝は追いかけながら、

「もう。私がどれだけ心配したとおもってるのですか……お待ち下さい……これ」

と声を強めたが、その顔は安堵の表情に緩んでいた。

何事もなかったかのように、桃香は呉服部屋で、女中たちの着物を引っ張り出して、どれを着ようかなと娘らしい愛らしい顔になって、着物を選ぶのだった。

第三話　悲しい罪

一

岩風呂風の白濁した湯に、どっぷり浸かっている菊之助《きくのすけ》が深い溜息をついた。

「ふああ……極楽極楽……祖父《じい》さんがよく言ってたが、分かるなあ」

脱衣所の方に目を移すと、葦簀《よしず》張りの向こうにチラリと肌も露《あら》わな女が見える。

菊之助はバサッと顔を湯で洗ってから、

「たまには夫婦ふたりで湯治ってのも、乙なものだろ、桃香《ももか》……照れることはねえ、早く入ってきな。そんな所にいつまでも突っ立ってちゃ、冷えちまうぜ」

と声をかけた。

「あ、はい……でも……」

照れ臭そうな声が聞こえてくる。菊之助は待ち切れなさそうに迎えに行こうとすると、女は恥ずかしげに顔を隠して、ゆっくり近づいてきた。菊之助はごくりと生唾を飲んで、

「さあさあ。何を遠慮があるものか、夫婦じゃねえか、さあ」

と手を伸ばすと、女も腕を差し出した。そのとき顔が露わになったが、まるで福笑いでもしたかのような見事なおかめだった。

「だ、誰だ、おめえ」

菊之助は吃驚《びっくり》して立ち上がろうとすると、足下が滑って湯の中にズッポリと沈んだ。今の今までの温もりが嘘《うそ》のように、体を凍らせるほどの冷たい水を浴びたようだった。いや、実際に冷たい。

「だ、誰だ！　おめえはよう！」

悲痛に叫んだとき、肩を摑《つか》まれてハッと目が覚めた。

温泉どころか、菊之助は下半身を掘割《ほりわり》の中に浸った状態であった。空には三日月が不気味に浮かんでいる。夏の盛りが過ぎたとはいえ、まだ風邪を引く時節ではないが、ずぶ濡れの体に潮風が当たれば、くしゃみのひとつやふたつ出ようというものだ。

どうやら酒に酔っ払って、火照《ほて》った体を冷ますために自分から入ったようだった。

「ハ、ハックション――くそくらえ……何処《どこ》だ、ここは」

辺りを見廻した菊之助は、自分の店の材木置き場の一角だと気づいたが、何処で誰と飲んでいたかは、不思議と覚えていなかった。掘割から這《は》い出て考えていると、桃香と小料理屋で待ち合わせたが来ないので、ひとり自棄酒《やけざけ》を飲んでいたと思い出した。

「まったくよう……」

惨めな感じで舌打ちをしたとき、足音がして、ひとりの女が駆けてきた。暗くて顔はよく見えないが、着物の裾《すそ》は乱れ帯は解けかけており、いかにも逃げてきた様子である。

「た、助けて……」

女はたまたまいた菊之助にいきなり、しがみついてきた。安っぽい白粉《おしろい》の匂いがする。なんだと思った次の瞬間、怒声混じりに、遊び人風が三人ばかり、番小屋の向こうから追いかけてきた。

「なんだ、てめえは」

兄貴格風の目つきが鋭く、胸板の厚い男がいきなり顔を突きつけてきた。

「おまえらこそ、誰なんだ」

とっさに菊之助は、逃げてきた女を庇って立った。びしょ濡れの菊之助を見て、他の遊び人風が哄笑しながら、

「おいおい。心中相手ってのは、おまえか」

「心中……」

「ここで待ち合わせて、ふたりして入水されちゃ、こちとら大損なんだよ。てめえ、

見世の女を連れ出して、只《ただ》で済むと思うなよ」

「俺は何も……」

知らないと菊之助は首を横に振り、話をしようとしたが、兄貴格がいきなり殴りかかってきた。油断していたわけではないが、ガツンと一発、頬《ほお》に食らってしまった。

一瞬にして頭が沸騰した菊之助は、相手に摑《つか》みかかって仕返しに殴り飛ばした。他のふたりも躍《おど》りかかってきたが、足払いをかけ、払い腰で跳ね飛ばして倒した。すると、相手三人はすぐに匕首《あいくち》を抜き払った。いずれも目つきがガラッと変わり、本気で刺しにくるつもりである。

「ま、待て……俺は本当に、ここで寝てただけなんだ。この女のことは知らん」

慌てて言い訳をした菊之助だが、兄貴格も後には引けないとばかりに、

「ここで寝てただと。ふん、見世の女と只で寝ようってのか」

「だから、何の話だ……俺は『信濃屋《しなのや》』の倅《せがれ》で、菊之助だ。ここはうちの材木置き場だ。おまえらこそ、人の地所に勝手に入ってくるんじゃねえ」

「えっ、『信濃屋』……」

兄貴格はほんのわずか、表情が緩《ゆる》んだ。菊之助は睨《にら》み返して、

「分かったら、とっとと失せろ」

と怒鳴りつけた。

だが、遊び人風たちは却って、冷笑を浮かべながら、

「こいつは、いいや。『信濃屋』のような大店の若旦那が、こんな女に入れあげてたとはな。上等じゃねえか。だがな、いくら女郎だからって、ただで戴《いただ》こうってな、虫が良すぎるんじゃねえか」

「女郎……」

「そうだよ。土橋《どばし》の『稲荷屋《いなりや》』といや、聞いたことがあるだろ。あんたも一度くらい上がったことがあるんじゃねえか。俺たちゃ、そこの者だ」

土橋というのは、深川《ふかがわ》七場所と呼ばれる岡場所のひとつである。

「連れて帰るぜ」

兄貴格は匕首の切っ先を突きつけながら、後ろに匿っている遊女の腕を摑んだ。

遊女は嫌がって身を引く。

「待てよ」

菊之助が止めると、兄貴格は切っ先を向けたまま、

「関係ねえ女なら、すっ込んでろ」

と凄んだ。

「幾らなんだ。身請《みう》け金だ」

「身請け……おまえ、こんな女を身請けしようってのか」

「相場は二十両か二十五両と聞いている。但し、それはまだ年季のうちの三年も経たない女に限るがな」

「見てのとおり、まだ新品同然の若い女だ。しかも、うちじゃ一、二の売れっ子なんでね。三十両は下らねえ」

「売れっ子……？」

「顔はちょいとまずいが、あっちの具合が絶品らしくてな」

「分かった。出そう」

あっさりと菊之助は言って、懐《ふところ》から財布を出して投げ出した。

「そこに十五両あるはずだ。残り半分は、明日にでも店に取りにくればいい」

重い財布を手にした兄貴格は、わずかに疑り深い目になったが、

「危ねえ、危ねえ……女は連れて帰る。これは前金として受け取っとくから、後の金は明日、おまえの方から店に届けにこい」

「おい……」

「いいな。それが嫌なら、こんな金はいらねえ」

兄貴格は財布を差し出したが、菊之助は成り行き上、頷《うなず》いてしまい、

「必ず迎えにいくから、待ってるんだぜ」

とまで言って、女を安心させた。

「よかったな、お弓《ゆみ》……これで、おまえも幸せになれるってもんだ。俺は、貞蔵《ていぞう》って者だ。若旦那、宜しく頼んだぜ」

兄貴格は軽く菊之助の肩を叩いて、お弓という遊女を連れて立ち去った。後のふたりは子供のようにはしゃぎながら、貞蔵について行き、宵闇に消えていった。

ふと三日月を見上げて、菊之助は深い溜息をついた。

「──また余計なことをしちまったかな」

翌日、約束どおり、土橋にある『稲荷屋』に行った。

遣《や》り手婆《てばば》が出てきて、驚いたように菊之助を見た。見世の中に招きながら、

「貞蔵が言ってたことは本当だったんだねえ……それにしても、いくら大店の若旦那とはいえ、物好きが過ぎるんじゃないかい」

「そっちが要求したんじゃないか」

「てっきり、その場凌《しの》ぎかと思ってたよ。まさか迎えに来るとは」

「残りの十五両だ」

菊之助は約束どおり、袱紗《ふくさ》に包んだ金を差し出した。

「只で渡しちゃ、見世《みせ》の名折れだよ」

「え？　ただじゃないよ。こうして金を……」

「そうじゃなくてさ。一度も見世に上げたことのない客に、女を売るわけにはいかないよ。それこそ、人身売買になっちまうからね」

遣り手婆は形式的なことだと言った。仕方なく菊之助は、二階のお弓の部屋に案内されるがままに入った。

そこには、昨夜《ゆうべ》の女が綺麗に着飾っていた。まるで嫁にでも出されるかのような艶やかなものだった。

夜の暗い中でドタバタしていたから、はっきりと覚えているわけではないが、たしかに昨日の女だった。思っていたほど不細工ではなく、むしろ愛嬌《あいきょう》がある顔だちだった。

「――お弓……と言ったな」

「はい……」

「安心しな。悪いようにはしない。俺が引き取って〝囲い女《め》〟にするつもりもない。故郷《ふるさと》に帰してやるから、安心しな」

「……」

「色々と苦労をしたんだろうが、後は好きに生きていくがいいぜ」

お弓は深々と頭を下げた。

「そんなのはいいから……さあ、行こう」

菊之助が近づこうすると、ウッと呻《うめ》く声がして、お弓はそのまま前のめりに崩れた。思わず近づいて抱き起こすと、なんということか、お弓は鋏《はさみ》で自分の喉《のど》をついていたのだ。

「お、おいッ。なんてことを！」

抱き寄せた菊之助に、鮮血が飛び散った。声にならず喘《あえ》ぎながら、

「――ごめんなさい……ごめんなさい……」

と、お弓は最後の力を振り絞って、切なげな目で訴えた。

訳が分からず菊之助は抱きとめたまま、必死に「しっかりしろ、おい。誰かァ」と悲痛に叫ぶだけであった。

二

材木問屋『信濃屋』の若旦那・菊之助が、深川女郎を殺したという噂は、飛ぶように市中に広がった。

読売《よみうり》が面白がって、「叶《かな》わぬ恋の果ての無理心中か、はたまた殺しか」などと書いたりしたから、余計に誤解が誤解を呼んだ。

南町同心の伊藤洋三郎《いとうようざぶろう》と松蔵《まつぞう》らが、『稲荷屋』を詳細に検分した後、鞘《さや》番所にて

尋問が繰り返されていた。鞘番所とは、深川大番屋のことで、本所方与力《ほんじょがたよりき》もしくは吟味方《ぎんみかた》与力の取り調べが行われる番屋だが、並んでいる牢部屋が鞘のように細いから、こう呼ばれている。

土間の筵《むしろ》の上に座らされている菊之助に、本所方与力の向井恭之助《むかいきょうのすけ》が立ち合いのもと、伊藤が尋問している。傍らには、この事件には関わりはないが、大岡越前《おおおかえちぜん》の内与力・犬山勘兵衛《いぬやまかんべえ》が臨座している。

伊藤は困惑気味の表情だが、厳しい口調で、

「繰り返すがな……本当におまえが刺し殺したんじゃないんだろうな」

「違いますって。信じて下さいよ」

菊之助は必死に否定し、目の前で女が喉を刺したのだと話した。だが、伊藤の疑わしい目はさらに深まって、

「はいそうですかって聞ける状況ではないってことを、弁《わきま》えた方がいいぜ、若旦那」

「本当に違う俺は……」

伊藤はさらに十手を菊之助の口元に突きつけて、

「おまえは出鱈目《でたらめ》かおべんちゃらしか言わないからな。まあ、俺の話を聞け。袖の下を渡されたって、今度ばかりは殺しだからな。見逃すわけにはいかねえ」

「今度ばかりはって、俺が今まで何をしたってんだ」

「だから、そう粋《いき》がるなって」

コツンと十手の先で軽く頭を叩いてから、伊藤は話した。

「昨夜、たまさか出会ったばかりの遊女のために、ポンと金を出したなんて、誰が信じると思うんだ。以前から、深い仲だったんだろう。『稲荷屋』の遣り手婆も、牛太郎《ぎゅうたろう》の貞蔵たちも証言している。何度も足を運んできているとな」

「嘘だ、そんなのは……」

「おまえは心底、惚《ほ》れてしまった。いや独り身だから、何処ぞに囲っておいて、てめえひとりの女にしたかったんだろう」

「……」

「だが、お弓は女郎でありながら、心から惚れた男が他にいた……見世の者たちの話によると、名前は分からないが、故郷から一緒に江戸に出てきた幼馴染みだそうだ。お弓は、その男に会いたいあまり、見世から逃げ出したことがあるらしい」

伊藤はしたり顔で、菊之助の前に座り込み、

「昨夜もそうだったらしい……が、おまえは恩を売るために、お弓を助けた。見世に帰れば折檻が待ってるからな」

「おい……」

「お弓の方もこれ幸いと、おまえの情けを受けたのだろう。だが、いざ身請けされる段になって、幼馴染みの方が愛《いと》しくなったのであろう。おまえに弄《もてあそ》ばれるのは嫌だ……そんなふうに、おまえを拒んだのだろう」

「おい、待てよ……」

「しかし、おまえは幼馴染みの男に嫉妬した。金を三十両も払ったのに、おまえに心を委ねようとしないお弓を憎らしく思った。だから、化粧台にあった鋏で、咄嗟《とっさ》に刺した……そうだろ、若旦那」

反論できまいとばかりに口元を歪《ゆが》めて、伊藤は迫ったが、菊之助は体を揺《ゆ》すって、

「好い加減にしてくれ。そんな話、誰が作ったんだ。俺は本当に、昨夜、助けただけで、『稲荷屋』に行ったのも初めてだ」

「行ったんじゃねえか」

「だから、ちゃんと人の話を聞け」

菊之助が怒鳴りつけると、向井が「控《ひか》えろ」と強い口調で命じた。

その時、「失礼致します」と声があって、戸を開けて、町娘姿の桃香が入ってきた。深々と頭を下げて、

「私、門前仲町《もんぜんなかちょう》の呉服問屋『雉屋《きじや》』の姪《めい》で、桃香と申します。この度は、私の許嫁《いいなずけ》がご迷惑をお掛けいたしまして、大変、申し訳ありませんでした」

と謝った。

桃香は過日、〝鬼面党〟の一件で拐かしをされた上に、記憶喪失に陥っていたから、伊藤たちは同情の目になった。

それ以前も、この辺りを縄張りにしている岡っ引・紋三《もんぞう》親分の手ほどきを受け、十手持ちの真似事をしていたことは承知しているし、南町奉行・大岡越前の内与力とも関わりがあることを、伊藤は承知している
「名乗らなくても分かってるよ。この界隈じゃ、じゃじゃ馬のあんたを知らない者はおるまいからな……でも、憐れだなあ。おまえのような可愛らしい娘を裏切って、おかめ女郎の方に惚れてたんだからよ」

「だから、違うって」

必死に言い訳をしようとする菊之助を、桃香は睨《にら》んで、

「言い訳はみっともないですよ。私もこの際、許嫁であることは、きちんと取り消しておきたいと思います」

「と、取り消す……」

菊之助はみるみるうちに、情けない顔になった。

「たしかに、その節は色々とお世話になりました。私のことを体を張って守ってくれたことにも感謝致します。ですが……」

「で、ですが、なんだよ……」

「私が物忘れをしたことをよいことに、許嫁だと人様に言い触らしていたのは、どう考えても男らしくありません。それに、ハッキリとお伝えしておきたいのですが、私は讃岐《さぬき》綾歌藩《あやうたはん》の若君と末を言い交わしております。そのことを、お忘れなきように」

桃香が凛《りん》とした口調で言うと、伊藤も松蔵も大笑いをして、菊之助の背中を叩いた。

「だってよ、若旦那」

伊藤は可笑しくて喉を鳴らしながら、

「深川一いや江戸で一番の色男も台なしだなあ、若旦那……しばらく、牢部屋で過ごして貰うことになりそうだな」

と言うと、桃香が庇うように言った。

「それは、なりませんよ」

「む？　なぜだ」

「疑わしいのは分かりますが、本人はやっていないと言っているのでしょ。確たる証拠がないのならば、牢部屋はあんまりです。菊之助の身許は、あなた方も知っているとおり、はっきりしています。何処に逃げることもできないでしょう」

「さあ、どうだかな。情けは無用だと思うがな」

「仮にも深川で一番の材木問屋の御曹司です。もし、これが間違いならば、それこそいい迷惑でしょう。店の暖簾《のれん》にも傷がつきます。御家預かりで十分だと思いますが」

「そうはいかぬな。盗みや騙《かた》りとは違う。人がひとり死んでるんだ」

伊藤がそう言うと、桃香は首を横に振りながら、

「ひとりではありません。ふたりです」

とキッパリと言った。

「なんだと」

「死んだお弓さんの客の中に、ひとり死んでる人がいるんです。しかも、同じように刃物で喉をついてね」

「どういうことだ」

「伊藤の旦那……ちゃんと調べたのですか。私は一から調べ直してみました」

桃香は向井に許しを得てから、話を続けた。

「まずは、お弓さんが殺されたという部屋です。ここは客と交わる自分の部屋ですが、綺麗に掃除をしていました。身請けされるのが前提ならば、部屋を退散するのですから、荷物を片付けるのは当たり前でしょう」

「だから、なんだ。俺が検分したときも、きちんと整頓されていた」

「もし、身請けされるつもりはないなら、普段どおりにしておればよく、あそこまで綺麗に片付けることはないはずです」

「何が言いたい……お弓は身請けを受けるつもりだったというのか」

伊藤が問い返すと、桃香は首を振り、

「いいえ。お弓さんは、初めからその場で死ぬつもりだったのです」

「何のためにだ。苦界《くがい》から抜け出すことができるのだぞ」

「何故、自害したのか……は、私もまだ分かりません」

「ふん。いい加減だな」

「でも、私には分かるのです。同じ女だから」

「適当なことを言うな。そんな曖昧なことで、探索ができるものか」

小馬鹿にしたように伊藤は言ったが、桃香は毅然と、

「理性は欺《あざむ》く、直感は欺かない……大岡様にはそう教えられました」

「四の五の言わないで、お弓が自害した訳を言ってみやがれ。そんなものはない。身請けされるのを拒んだから、菊之助が殺したのだ。それだけのことだ」

同じ事を伊藤は繰り返した。が、桃香は穏やかなまなざしで言った。

「お弓さんは、本当に惚れ合った人と添い遂げられない。だから、死んだのです」

「本当に惚れ合った……幼馴染みという奴か」

「そうです。その幼馴染みというのを、親分さんたちはまだ探してなかったのですね。猿吉《さるきち》はすぐに見つけましたよ」

「誰だ、それは」

「さっき話した、喉を突いて死んだ客です」

「えっ……！」

「名は、仲太《しんた》という同じ上州山子田《やまこだ》村の出で、江戸で油売りをして暮らしておりました。卸問屋から買って、主に本所深川《ほんじょふかがわ》辺りで量り売りをしてました」

「そいつが客になってたのか……とどのつまりは、薄汚れた関係ということじゃねえか。実らぬ恋の果てとは程遠い……待てよ」

伊藤は舌打ちをして、じっと見つめている桃香の顔を嫌らしい目つきで、

「もしかして、おまえは……お弓が菊之助に殺されたから、仲太ってやろうが、後追い心中でもしたと言いたいのか」

と訊いた。

「違います。お弓さんは自害で、仲太さんは何者かに殺された。私はそう睨んでます」

「なんだと……？」

首を傾げながら、伊藤は桃香の顔をまじまじと見た。

「おいおい。素人がいい加減なことを言うんじゃねえぞ。こっちは朝から晩まで、真面目に探索してんだ」

「お弓さんは自分で喉を突いたと、菊之助さんは言いました。部屋を片付けていたのは、その覚悟をしていたからです」

「話にならぬ。菊之助は嘘をついているのだ」

「検屍に立ち合った、深川養生所の藪坂《やぶさか》先生は、お弓さんが自分で喉を刺したのは明白だと言ってました。菊之助さんが証言したとおり、俯《うつぶ》せになったときに突いた傷なんです」

「……」

「もし、菊之助さんが突いたのなら、その前に少しくらい押し問答や争う物音がしたはずだし、鋏を化粧台の引き出しの中から、わざわざ探して殺すのもおかしい。もし、刺したとしても喉に命中させるのは難しく、ましてや発作的にやったとしたら、胸とか腹を突くはずです」

「ま、そうかもしれぬが……」

「返り血もそうです。激しく飛び散っているのは、丁度、お弓さんがしゃがんだ姿勢の膝辺りで、思わず駆け寄った菊之助さんは、返り血というより、血が擦《す》りついたという程度のものでした」

「……」

「ですよ、伊藤の旦那」

「その時、どのようなことがあったか分からぬから、血の痕《あと》や凶器のことだけで、判断はつかぬ。だからこそ……」

「判断はつかぬ。ですよね。だから、ちょっと待って下さいと言っているのです」

桃香は念を押すように言って、向井にも理解して貰えるように続けた。

「後追い心中をした……と思われる仲太は、読売を手にしていました。菊之助さんとお弓さんの一件を、面白可笑しく書いたものです。でも、これは実に不思議です」

「なぜだ。惚れた女が殺された。その事を書いてある読売を見て、絶望に感じたとしても不思議ではあるまい」

「はい。ですが、読売は左手に持ち、自分の喉を突いた刃物は右手でした」

「それの何がおかしいのだ」

「仲太は左利きなんです。ええ、油の柄杓を左手で扱っているのを、何人もの客が見ています。箸《はし》使いもそうらしいです。自分の喉を刺すときだけ、右手を使いますかね」

「つまり……誰かが自殺に見せかけて、殺した……とでも？」

「そういうことです。でも、伸太が誰に何故、殺されたのか理由は分かりませんし、お弓との関わりもハッキリとはしてません。ですから、丹念に調べ直して下さい。もちろん、私もお手伝いします。この十手《じって》にかけて」

桃香が朱房《しゅぶさ》の十手を出すと、伊藤は凝然となった。

「なんだ、そりゃ……」

「正真正銘、大岡様から直々に預かったものです。ご存じありませんでしたかしら」

「でしたかしら、じゃねえぞ。こっちは真剣にやってるんだ。小娘が邪魔するな」

伊藤は憤懣《ふんまん》やるかたない態度で睨みつけたが、桃香は益々、やる気満々で、

「私、苦界に沈む女を見ていて、黙っていられません。ましてや、その真相がはっきりしないのなら、きちんと明らかにしてあげないと、ふたりとも成仏できないじゃないですか」

「勝手な御託《ごたく》を……お弓はこの菊之助に殺された。伸太とやらは、それを儚《はかな》んで後追い心中でもしたんだろうよ」

自分の見立てにケチをつけられたことに、伊藤は憤りを感じていた。

菊之助は頼もしそうに桃香を見上げて、

「なんだかんだ言いながら、やっぱり俺を助けてくれようとしてる。ますます惚れ直したぜ、桃香……」

と拝むような顔になった。

三

その頃、岡っ引の猿吉は、ある長屋を訪ねていた。

後追い心中したとされる、仲太が住んでいた所だが、部屋の中はあまり血飛沫《ちしぶき》の痕が残っていない。

「部屋の血は拭いたのかい」

猿吉が訊くと、案内をしている大家の嘉七《かしち》は、ずっと顰《しか》め面をしたまま、

「どこもいじってやせんよ。ほんと勘弁して欲しいよ、まったく……死人が出たら、借りる者がいなくなっちまうし、長屋の評判も悪くなるしよ」

と愚痴《ぐち》を漏らしていた。深い顔の皺《しわ》が益々、太く刻まれていた。

「そうかもしれねえが、仲太は死んだんだ。そんな言い草はないでしょうが。大家と店子は親子も同然と言うじゃないか」

猿吉は尤もなことを言った。まだ若い岡っ引だが、〝投げ独楽《こま》〟の親分と言えば、

猿吉のことだと近在ではよく知られている。今でも、担ぎの貸本屋をして町中を廻っているが、これも事件探索に便利だったからである。

「親子も同然？　冗談じゃない……あんな息子がいたら、俺なら勘当だ」

にべもなく、嘉七は言った。

「あいつはろくな稼ぎもねえくせに、岡場所の女郎に入れあげてよ。金がなくなりゃ、隠し賭場《とば》で博奕《ばくち》してでも、女に貢《みつ》ぐ金を稼ごうとしてた。根っからバカなんだよ」

「てことは、借金まみれか」

「ああ、お陰で店賃は何ヶ月も溜《た》め込みやがって、こちとら大迷惑だった。それでもって自害なんざされたら、金を取り返すこともできねえ。それどころか、大家が葬式代を出さなきゃならねえから、大損だよ……とんだ疫病神だ」

最後の方は悲痛な声になっていた嘉七に、猿吉は同情の声をかけたが、知りたいのは何をして暮らしているかだった。もちろん、油の量り売りだということは分かっているが、猿吉が調べた範囲では、

――仲太は人に言えない、裏の仕事をしているようだ。

との黒い噂もあったからである。

「そりゃ、賭場に出入りしてるような奴だからね。悪い連中とつるんで、良からぬ

ことをしてたんだろうが、何をしてたかなんて、私らが知りようがない」

嘉七はまったく分からないという。猿吉はもちろん、仲太が出入りしていた賭場なども調べているが、出入りの連中が十手持ちに本当のことを言うはずもあるまい。

ただ、仲太を知る誰もが口を揃えて言うには、

「人を殺しても、てめえが死ぬような玉じゃねえ」

ということだった。

「そんな奴が潔く喉を刃物で突いて死ぬなんてことは、なかなかできることじゃない。何か思い当たる節がないかな」

「知らないよ……こっちは迷惑を掛けられっぱなしで、とんだ疫病神だ」

苛ついた声で嘉七は罵ったが、何か思い出したのか虚空を見上げて、

「疫病神……そういや、仲太の綽名《あだな》は疫病神だった」

「どういうことだ」

「たまに訪ねてくる遊び人風が二、三人いたんだが……恐らく賭場仲間だとは思うんだが、いつも『おまえは、本当に疫病神だな。おまえが関わった奴は、みんな死んでくもんなあ』ってなことを、よく話してたんでさ」

大家の嘉七の部屋は、木戸口に最も近い所だが、仲太の部屋はすぐ隣だった。

飲んだくれて、仲間らと雪崩《なだ》れ込んできては、酒盛りの続きをやる。うるさいか

ら、嘉七もよく怒鳴り込んだが、そういう夜はよほど何か良いことがあったのか、賭場で勝ったのか、陽気にはしゃいでいた。

「金があるなら、店賃を払えって、その都度《つど》言ってたんだが、明日払うって、その場凌《しの》ぎで答えるだけでね……ある日のことだ」

嘉七は座り直して、猿吉を見やった。

「いつもの仲間ではない連中が来て、『おい、疫病神。出て来やがれ。てめえなんざ、ぶっ殺してやる』と怒鳴りながら、表戸を叩き始めたんだ。様子が緊迫してたんで、覗き見るのがやっとだった」

「何があったんだ」

「その日は仲太は酔っ払ってはおらず、いかにも堂々と表に出てきた……」

仲太はひとりだが、相手は数人いた。それでも、仲太は怯《ひる》むどころかドスのきいた低い声で、「死にたくなければ帰れ」と脅した。中には「なんだと」と殴りかかってきた者がいるが、スッと仲太の手が伸びたかと思うと、相手の腹に匕首が突き立っていた。そして、さらに野太い声で、

「どうする。続きをやるか」

と相手を挑発するように言った。

だが相手は、不気味な化け物でも見たかのように、刺された仲間を抱えて、ぞろ

ぞろと帰っていった。

「それで……伸太は何事もなかったように、部屋に戻ったんだ。表戸の障子穴から覗いたが、ゾッとする程の顔だった」

「ふうん。そんなことが、な……」

猿吉も不思議がったが、後日になっても、それ以上のことは起こらなかったと嘉七は付け足した。ほんのわずかな時間の出来事で、それから店賃を払えと言っても、いつものように適当に誤魔化《ごまか》し笑いをするだけだった。

その一件があったから、嘉七もあまり怒らせるようなことは言わなくなった。だが、今度は当人が死んだ。しかも、惚れた女郎への後追い心中だ。釈然としない死に方だと、嘉七は改めて思ったという。

「人に言えない裏の仕事とは、一体、何なんだろうな……」

十手を掌で軽く叩きながら、猿吉は考えを巡らせていたが、もう一度、遊女屋『稲荷屋』を訪ねた。

この見世の方も、死人が出たということで、しばらく客が寄りつかないだろうと、暗澹《あんたん》たる雰囲気が漂っていた。店主の笹五郎《ささごろう》は、その昔、やくざ一家にいただけあって体格もよく、任侠者《にんきょうもの》としての風格があった。

猿吉は深川悪所にも探索で、随分出入りしているが、笹五郎とは初めて会った。

ふだんは奥の部屋に引っ込んでいて、ほとんどは女房のおせんと貞蔵ら若い者に任せていた。よほどの大事があったときだけ、顔を出すようだった。

「まだ、うちに何か用が……？」

笹五郎は明らかに迷惑がっていた。人と接するのが、あまり好きではなさそうだ。周りには、貞蔵らが取り囲むようにいる。

「お弓殺しの一件では、まだハッキリしねえことが多いんでね」

猿吉は改めて訊きたいことがあると言うと、笹五郎は面倒臭そうに、

「なんだい。おまえさん、あまり見かけねえ顔だが」

「以前は、門前仲町の紋三親分にお世話になっておりました。十手の手ほどきを一から叩き込まれやした」

「紋三親分なら俺も知らなくはねえが……あまり根掘り葉掘り穿《ほじく》らないでくれねえかな。こっちも見世の評判に関わるんでね」

「他人事みたいに言わないで下せえよ。自分の遊女屋の女が死んだんですから」

「丁重に葬ってやったよ。で、何を知りたいんだ」

笹五郎は帳場の脇にある箱火鉢の前に座って、煙管《きせる》に火をつけた。

「そこにいる貞蔵さんが、『人殺しだ！』と叫んで、自身番《じしんばん》に駆け込んだそうだが、どうして、そう思ったんだい」

「どうしてって……」

貞蔵は何を言い出すのだという顔で、猿吉を見やった。

「おまえさんが二階に駆け上がったのは、菊之助が『大変だ！』と叫んだから……伊藤の旦那にはそう話してやすね」

「ああ、そうだよ」

「人殺しをした奴が、大変だなんて自分で言うかねえ。目の前で、自害されるというとんでもない事が起こったので、菊之助は助けを求めた。ふつうは、そう考えないか」

「さあ、どうだかね……てめえで殺《や》っといて、自害したと言い張ったのかもしれないじゃねえか」

「これから身請けしようという女を、殺すかねえ」

「お弓は身請けされたくないと言った。だから、カッとなって殺したんじゃ？　伊藤の旦那はそう言ってたけどな」

貞蔵も面倒臭そうに顔を顰めるのを、猿吉は凝視しながら、

「だがよ、身請け金を払わせたのは、おまえさんだろ。その前の夜の話は、俺も聞いたが、十五両を受け取った」

「ああ、そうだよ」

「そして、翌日、残りの十五両を持参して、お弓を迎えに来た……だが、菊之助の話では、成り行き上、お弓を助けるために身請け金を払っただけで、自分が囲うつもりはさらさらなかった」

「だから……？」

「菊之助には殺す理由はない。お弓が身請けされたくない——ってのは、後で誰かが勝手に理由をつけただけだ」

「知らねえよ」

ふて腐れたように貞蔵が横を向くのへ、猿吉は浴びせかけるように言った。

「菊之助が殺したことにした方が都合がよいことが、おまえたちにあった……そういうことじゃないのかい」

「待てよ、猿吉さんとやら」

野太い声で、笹五郎の方が声をかけた。

「まるで、俺たちに何か非があるような言い草だな。この貞蔵が殺したとでも言うのかい。お弓の部屋には、やつらがふたりきりだったんだぜ。しかも、菊之助が……」

「そんなことは訊いちゃいねえよ、笹五郎さん」

猿吉は十手で軽く自分の掌を叩きながら、

「身請けするはずの女が自害したら、一体、どうなる決まりなんだっけな」

「どうって……」

笹五郎は煙管の灰を火鉢の中に落として、

「別にどうにもならねえよ」

「もし、女郎が仕事が嫌になって、自害したり、客と心中したりしたら、金を払った親元などには、倍返しを要求できるのが、岡場所の決まりだったよな」

「……」

「当たり前に考えりゃ、もし殺されたとしても、自害したことにすりゃ、お弓の親元に金を求めることができるよな」

猿吉が探るように言うと、笹五郎は苦笑しながら、

「嘘をついてまで、金を取りに行ったりするもんか。人を疑うのは、おまえさん方の商売だろうが、悪い癖だぜ」

「三十両も手に入ってるんだから、その手間を省きたかったんじゃねえのか」

「――いい加減にしてくれよ」

「もうひとつ訊きたい。身請け金を払ったのに、その女が死んだ場合には、どうなるんだい……死んだんだから、身請けできない。だから、金は返すってのが決まりだよな」

「まあな……」

「だったら、その三十両の金は、菊之助に返さなきゃならないな。殺されようが、自害だろうが、どっちであってもだ」

　責め立てるように猿吉が言うと、やはり笹五郎は微笑を浮かべたまま、

「それは違うよ、親分さん……身請け金を受け取ったということは、もう菊之助さんのものになったってことだ。菊之助さんのものになったんだから、死のうが病気になろうが、こちとら知ったことじゃねえよ」

「だが、まだこの見世の中にいたぜ」

「どこにいようが、関わりねえよ。俺は金を受け取り、身請け証文《しょうもん》を渡し、引き渡すために部屋に案内しただけだ」

「そうかい。冷てえ奴だな……ま、おまえさんらが、お弓の死に関わってねえなら、俺は何も言わねえよ」

「どういう意味でえ」

　わずかに笹五郎が険悪な顔になった。猿吉は何も言わずに、見世の外に出て行こうとしてつと立ち止まり、振り返った。

「ところで、伸太も自害したようだが、心当たりはあるかい」

「さあね。俺には何も……」

「なんだ。あんたは仲太のこと、知ってたのかい、笹五郎さん」

「……」

笹五郎はそっぽを向いて、煙管を吹かした。その横顔を、猿吉はじっと見ながら、

「なにね。貞蔵たちは、お弓が言い交わした幼馴染みの名前も知らねえって言ってたからよ、あんたも知らないのかと思ってた」

「……」

「仲太が、お弓恋しさに後追い心中したかもしれねえってことは、まだ誰にも話しちゃいねえんだがな」

猿吉は勝ち誇ったようにニンマリと笑うと、背中を向けて立ち去った。睨みながら見送っていた笹五郎は、舌打ちをして、

「——ちょいと、舐めてかかってたな……構《かま》わねえ。厄介事《やっかいごと》を起こしそうなら……分かってるな、おい」

と唸《うな》るように言うと、貞蔵たちも鋭い目になって頷いた。

四

猿吉が調べたことを聞いた桃香は、妙に嬉しそうに頷いて、

「なるほどねえ……やはり、伸太の後追い心中にも、何か裏があるってことかしら」

　と事件探索を楽しんでいるようだった。

　いつもの『雉屋』である。傍らには、主人の福兵衛《ふくべえ》もいる。

「桃香さん。それは、いけねえや」

「えっ。何がです」

「俺たち十手持ちは、下手人を捕まえることによって、被害に遭った者たちの恨みを晴らしてやるのが仕事なんです。他人事とはいえ、謎解きをして喜んでるようじゃ、大岡様から戴いた十手も泣きますぜ」

「いいこと言うわねえ。さすが、猿吉」

　桃香は自分の十手をブンと振り廻して見せた。

「てことは、大方、目星がついたんだね。お弓さんと伸太って人のことは」

「人の話を聞いてますか、桃香さん」

　桃香はうんうんと頷きながらも、あさっての方を見上げて、

「確かに、菊之助さんが身請け金を払ったのは偶然の出来事だと思う。遊女屋に迎えに行ったとき、お弓さんが自害したのは、覚悟の上だと思う」

「ああ、そうでやすねえ」

「しかも、菊之助さんを下手人に仕立ててまで、自害したってことは、きっと何か深い事情があるに違いないわよね」

推理を立てようとしている桃香の顔を、福兵衛も神妙な面持ちで見ている。

「思い余って死ぬことは、ままあることじゃないのかねえ」

福兵衛が言うと、猿吉も頷いて、

「前に、紋三親分が扱った事件で、こういうのがある……品川宿でのことだ。宿場女郎がそれこそ喉を切って死んでいた。しかし、部屋の中には凶器が残っていない。女郎が死ぬ前に、客もまだ入ってない状態だった」

「知ってるわよ」

桃香はすぐに頷いて、自分も紋三親分から聞いたことがあると伝えた。

「女郎には惚れた男がいたけど、添い遂げられない運命《さだめ》だと分かっていた。だから、毎日、知らない男に抱かれるのが嫌で、死ぬしか道がないと思った……でも、自害したら、宿場定法《じょうほう》とかで、親元は身請け金を倍返ししなければならない」

深川の岡場所も慣習《しご》としては同じである。

「だから、その女郎は刃物に扱き紐を結び、もう一方の先には石を結わえておいて、窓辺で首を切った。その紐は窓から下の道に落ちるように仕掛けてあったんだね」

「ああ、そうだ」

「よく考えたものだよ。そこまで考えるんだったら、私なら生きる道を、頭を捻《ひね》って考えるけどね……でも、女郎はそうするしかなかった……窓の下には予《あらかじ》め呼び出していた惚れた男が待っていた」

桃香はまるで芝居の主人公にでもなったように愁《うれ》いを帯びた顔になって、

「男は血濡《ちぬ》れた刃物を見て、惚れた女の覚悟を知ったんだね。すぐに拾って、刃物を自分の部屋に隠して、あくまでも遊女は殺害だったことに協力した……親元が返金せずに済むように仕向けたんだ。それを、紋三親分は見抜いたんですよ」

「では、お嬢……いや、桃香……おまえは、此度の一件も、そのような事情があると踏んでいるのかね。金なら、過分なものを、菊之助さんが見世に払ってるじゃないか」

福兵衛が訊くと、桃香は首を傾げて、

「そうよね。つまり、事件は金絡みじゃないわけよ……それに、紋三親分の事件では、男は死ななかった。大体、無理心中するときだって、男はイザとなれば尻込みするらしいからね。女とは覚悟が違うのでしょうね」

桃香がふたりを見やると、福兵衛と猿吉は微妙な笑みを浮かべた。

「かもしれねえな……」

「でも、今度の一件では、男も死んだ。同じように喉を切って……私はそのことに、とても引っかかってたんです」

「男だって、覚悟がある奴はいるだろ」

猿吉が仲太を庇うかのように言うと、桃香は真剣なまなざしになって、

「番屋でも話したとおり、刃物を持っていたのが利き手ではなかったこと、それに……部屋にはあまり血が飛び散っていなかったこと……このことは猿吉、あんたも承知してるよね」

「ああ。だから、他の所で殺された上で、部屋に戻されたと考えられる」

「だよね。じゃ、一体、誰が何故、仲太を殺したのかってこと」

桃香が謎解きをする時に、十手の先をぐるぐる廻す仕草をしていると、中庭に犬山勘兵衛が姿を現した。いつもながらの〝むっつり助平〟そうな顔をしているが、何か事件の核心に迫るものを摑んできたようである。

「これは勢揃《せいぞろ》いで……」

犬山は刀を鞘ごと傍《かたわ》らに置いて、縁側に腰掛けると、懐から一枚の書き付けを出した。そこには下手な文字で「南無阿弥陀仏」と墨書されていた。犬山はそれを見せながら、

「殺しのあった所に置かれていたものと、同じ筆跡だ。これが、仲太の部屋に何枚か残されてた。他のは奉行所に置いてある」

「南無阿弥陀仏……殺しのあった所とは、どういうことです」

桃香がすぐに訊き返すと、犬山は渋い顔つきになって、

「実は、奉行所では前々から調べていたことだが、この二、三年のうちに、下手人の分からないままの殺しが幾つかある」

「〝くらがり〟……永尋《ながたずね》に入ったんですね」

「すべてかどうかは分からぬが、殺し屋にやられた疑いがある。手立てが似てるのでな」

「殺し屋……金で人殺しを請け負うという……」

「そういう輩がいるのは承知していたが、正体を摑むことは難しい。隠密廻《おんみつまわ》りなども動いているがな、お奉行直々に俺も探っていたのだが、そのひとりとして仲太が浮かんでいた。その矢先の自害だ」

内与力とは奉行所の役人ではなく、町奉行の家臣から選ばれる、いわば〝秘書官〟みたいなものである。ゆえに、探索や実務に直に関わることはないが、奉行所の内外で隠密裡に奉行の手足となって動いていた。

「仲太が殺し屋……」

桃香が言うと、猿吉は鼻先を動かして、

「物凄く臭いますねえ……あ、桃香様の匂い袋のことじゃないですよ。なぜ、お弓

が自ら死を選んだのかが分かれば、仲太が誰に殺されたのかも自《おの》ずと……」

「猿吉。何か掴んだのか」

犬山が訊くと、こくりと頷いて、

「俺の見立てでは、『稲荷屋』の主人、笹五郎が最も臭いと思ってやす」

「ほう。何故だ」

「事件てのはね、旦那。釈迦に説法ですが、誰が一番得するかを考えれば、解決の糸が見えてくるんですよ」

「ならば、さっさと調べるがよい。この手の事件は、時が経てば経つほど、分からなくなってくるからな」

「へえ。その前に、みんなにも一応、話しておきたいことがあります」

深刻そうな表情になって猿吉が言うと、桃香たちは改まって顔を向けた。

「実は、『稲荷屋』には一度だけ、別の探索で、客のふりをして調べに行ったことがあるんです。さっき話した紋三親分の品川であった女郎の自害と似たような話があったものでね」

猿吉はもう一度、犬山に簡単に説明して、

「俺のことを『稲荷屋』の奴らは覚えてなかったけれど、その時、お弓からも話を取ったことがあるんでさ」

と伝えた。

一応、金は払ったが女を抱こうともしないので、お弓は不思議に思ったのか、

『珍しい人もいたもんだ……抱かないなら、何をしに来たんです』

と体を寄せてきた。

だが、猿吉は軽く放すようにして、

『この見世で〝殺し〟があったよな。事の最中に、客に首を絞められたとかで』

『──なんだ。あんた御用聞ですか』

『だが、女が死体で見つかったのは、客が帰ってから、半刻も経った後からだ……

結局、下手人は挙がらなかった……なんでだか、分かるかい』

『さあ……』

『女は自分で首を吊った。苦界の暮らしに耐えられずにな。だが、見世の者が、客がやって逃げたように見せかけたんだ……自害にした方が、倍返しを親元に求められるから良いはずだが、親元にはどうせ払う金はないだろうし、見世の評判が悪くなるからだ』

『へえ……私なら、人がやったように見せかけて死ぬわね……』

『倍返しになって、親に迷惑をかけないためかい』

『それもあるけど……自害するなんて、あまりに憐れじゃないですか……私は何も

悪いことしてないのに、こんな身に沈められている……せめて最期くらい、人のせいにしたいですよ』

このお弓の言い草を、猿吉は覚えていたのである。

「理屈じゃねえんだな。心の奥の感情としか言いようがねえ……人の心はかくも分からねえ。だから、自害をするなんて、あまりにも憐れだと言った女が、親切にしてくれた菊之助の前で、どうして死んだのか……俺は知りたくてしょうがねえんでさ」

「ふうん……」

犬山は硬い表情で見つめながらも、

「そんなふうに考えるおまえのことが、俺には分からぬよ」

と苦笑した。

すると、桃香がサッと立ち上がって、

「さあさあ。ここで、犬、猿、雉が打ち揃ったところで、出陣式でもやりますか」

と晴れやかな声で言った。むろん茶化しているわけではない。猿吉が言うように、悲しい女の心の裡《うち》を、きちんと見極めてあげようという気持ちの昂《たか》ぶりだった。

五

その夜、〝鞘番所〟では、菊之助が格子戸を摑んで大声で叫んでいた。

「出しやがれ、このやろう。なんで、こんな所に閉じこめてやがるんだ。俺は人殺しなんぞしてねえぞ！」

只でさえ窮屈な牢部屋である。菊之助の大声は耳をつんざくほど響いた。他の咎《とが》人《にん》たちからも、「うるせえ。静かにしやがれ」と怒鳴り返された。

「おまえたちも、うるさいぞ」

本所方与力の向井が近づいてきて、菊之助の牢部屋の前に立った。菊之助は両手を格子戸の間から突き出して、

「お願いですよ、向井様……俺の疑いはまだ晴れないんですか」

「大人しくしておれ。鋭意、探索中だ」

「話が違うじゃないですか。俺の〝放免料《ほうめんりょう》〟として、百両もこの番屋に預けたはずだ。逃げも隠れもしねえって」

「しかしな、そう言いながら逃亡した奴もいるし、自刃した者もいる。こっちは、おまえの身の上を案じておるのだ」

「ここにいるのが、一番、安全なのだ」

「だったら……」

「どういう意味です、そりゃ」

菊之助が訝《いぶか》しむと、向井は他の咎人たちに聞こえぬように声を潜《ひそ》めた。

「おまえは誰かに狙われておる節がある。身に覚えがないか」

「俺が……ないよ、そんなものは」

「しかし、おまえは江戸で指折りの金持ちの御曹司だし、日頃の言動も良くない。知らぬうちに恨みを買っていることもあるかもしれぬ。家に返せば命が危うい」

「そ、そんな……此度の一件と関わりあるんですか」

俄《にわか》に不安になった菊之助は、向井が何か知っているのではないかと問い返した。言い淀んだように横を向いていたが、仕方がないというふうに溜息をついてから、

「誰にも言うでないぞ。実は『稲荷屋』の連中が、おまえを狙っているようなのだ」

「えっ……なんで俺を……」

「訳は知らぬ。おまえは三十両もの身請け金を見世に渡したらしいが、他にも何か揉《も》め事があったのではないか」

「ねえよ……」

「ならば逆恨みかもしれぬから、ここにいた方がよかろう」

向井が背を向けて立ち去ろうとすると、菊之助は「おい」と乱暴に声をかけた。わずかに悪意を含んだ声だった。振り返った向井は、一瞬、鋭い目になって、

「なんだ」

と強く返した。町人のくせに、武士に対して無礼だぞという顔つきだった。

「あんた、俺の〝放免料〟を着服しただろう」

「何を言い出すのだ」

「分かってるんだ。あの百両のことを、伊藤の旦那にすら話してない」

「与力が同心に報せる必要はなかろう」

「いや、奉行所にも届けてない。俺だってね、バカじゃないんだ。俺は内与力の犬山様のことはよく知ってるし、お奉行様だってまったく知らないわけじゃない。〝放免料〟を払ったのだから、少なくとも親父には何か言ってくるはずだ」

「――だから今、言ったであろう。家に帰るより、ここにいた方が身が安全だと」

「違うな。逆だろ」

菊之助が責め立てるような目つきになるのへ、向井は睨み返した。

「あんたは、俺を見張ってる。何か事を荒立てないようにとな」

「当然だ。無実だと分かるまでは、殺しの下手人として、預かっているのだから

な」

「そうじゃないね……あんたにとって不都合なことを、俺がしやしないか、じっと監視してるんだ……言っている意味分かるよな」

挑発するように菊之助が言うと、向井は呆れ果てたように苦笑し、

「そうか……そんなふうに言うのなら、好きにすればいい。だが、その身に何があろうと、俺は知らぬぞ」

と言いながら、牢扉の錠《じょう》を開けた。

「帰っていい。だが、〝放免料〟を返すのは、お奉行が裁くお裁きにて、おまえが無実だと分かってからだ。分かっておるな」

「ああ、よく知ってるよ」

腰を屈めながら出てきた菊之助は、気持ち良さそうに背伸びをして、

「お世話になりました。必ずや自分で無実を証明します。そして、あんたの……」

「俺のなんだ」

「——ま、楽しみにしておいて下さい」

菊之助はニンマリと笑いかけてから、ふらふらと〝鞘番所〟から出ていった。

その帰り道、自分の店まで一町程のところで辻灯籠《つじどうろう》の蠟燭《ろうそく》の火が、微かに揺れた。

同時に、路地から数人の男が現れて、あっという間に菊之助を取り囲んだ。

「ほら。おでましになった」

　菊之助が待ってましたとばかりに、袖を捲《まく》った。

　腕には少々、覚えがある。女郎屋の用心棒くらい叩きのめしてくれると身構えた。

　だが相手は、脅したりすかしたりするのではなく、問答無用に命を取りにくるようだ。匕首ではなく、道中脇差《どうちゅうわきざ》しを手にしている。やくざが持っているものだ。

「――なんだ……俺が何をしたってんだ」

　暗がりから顔を出したのは貞蔵だった。目つきがこれまでより凶悪になって、

「余計なことをしたから、こういうハメに陥《おちい》ったんだ。恨むならてめえを恨め」

「言ってる意味が分からないが」

「知る必要もない。ただ……向井様に逆らったのは、良くなかったな」

　貞蔵が鞘から道中脇差しを抜き払うと、「死ね」と斬りかかった。

　菊之助はすんでのところで躱し、貞蔵の顔面に裏拳を浴びせ、小手を摑んでねじ上げ、道中脇差しを奪い取った。ブンと一振りして、他の者たちを牽制《けんせい》しながら、

「俺を狙えと命じたのは、向井だな」

　知らねえと貞蔵は声を荒げたが、菊之助はニヤリと笑って、

「図星だな。俺は捕まったときから、どうも臭えと思ってたんだ。だって、そうじゃねえか。本所方なんてのは、運上金を集めたり、町触《まちぶれ》を廻す役方であって、捕り

物御用については、定町廻りに任せるのが筋だ」

「……」

「なのに、端から首を突っ込んできて、伊藤の旦那を遠ざけようとしたのが、どうにも解せなくてよ。なんだか知らねえが、おまえらつるんでんだ」

菊之助とて真相は分かっていないが、誘いかけるように、貞蔵に詰め寄った。

「もしかして……あの夜、俺がお弓を助けてしまったのは、おまえたちにとって、何か誤算だったのか」

「黙れ……」

「こちとら、口から先に生まれたと、親に言われたのでね、言いたいことは喋らせて貰うぜ、すっとこどっこい」

ブンと道中脇差しを振り廻して、菊之助は切っ先を貞蔵に向けた。

「俺が妙だなと思ったのは、桃香が調べてきたことに、あんたは何も反応をしなかったということだ」

「なに……」

「仲太という奴が自害ではなく、殺されたかもしれないと、桃香が言ったとき不審に思えば調べるはずだ。まあ、伊藤の旦那もそうだったが、探索し直すのがふつうだ」

「そうとも限らねえぜ。あいつは……」

「あいつはなんだ」

菊之助がすぐさま問い返すと、貞蔵は今度は匕首を抜いて突きかかってきた。背後からは他の奴も襲いかかってきて、ひとりは匕首を投げつけてきた。それが、グサリと菊之助の肩口に刺さった。

「?!——あっ……」

がっくり膝をつく菊之助に、貞蔵たちは一斉に躍りかかった。必死に抵抗しようとする菊之助だが、多勢に無勢、貞蔵の匕首が腹に突き刺さりそうになったとき、

——ブン！

と空を切る音がして、独楽が飛来した。鋭く回転しながら、独楽の芯《しん》が貞蔵の脳天に突き立った。まるで錐《きり》のように食い込むのが見えた。貞蔵は匕首を投げ出し、悲鳴を上げながら、のたうち廻った。

驚いて振り返る手下の男たちには、次々と十手が浴びせかけられ、一瞬のうちに倒された。十手を握って立っているのは、桃香であった。その顔を見上げた菊之助は、

「も、桃香……やっぱり俺に惚れてるんだなあ……」

と情けない顔で手を伸ばした。

貞蔵たちは何か叫びながらも、這々《ほうほう》の体《てい》で逃げ出した。

「待ちやがれ」

思わず菊之助は追いかけようとしたが、「後は俺が」と猿吉が貞蔵らの後を尾《つ》けた。

怪我をしている菊之助を抱き起こして、

「まったく無茶をしますね、あなたは。でも、お陰で悪い奴らの正体が分かりそう」

「悪い奴……やっぱり、あいつら何かやらかしてるんだな」

「もう余計なことはしなくていいから、家で養生してて下さいな」

「養生って……俺は病人じゃないぜ」

「私に恋する病でしょ」

「よく言うなあ」

「ほら、肩の傷は意外と深いから、さあ、怪我を治しましょう」

桃香に支えられ、すぐ近くの店まで歩きながら、菊之助は幸せな気分だった。

「すまねえなあ……情けない亭主でよ……夢見てたんだよ。おまえと湯治《とうじ》に行ってる夢。その時に、お弓っていう女郎とあの連中が来てな……とんだ疫病神だ」

「そうしましょう。ゆっくりと湯治にでも何処にでも」

微笑みかける桃香の顔を、菊之助はまじまじと見つめながらも、

「——おい。なんだか気持ち悪いな……また何か夢じゃねえだろうな」

と疑り深い目になった。

六

遊女屋『稲荷屋』に逃げ戻った貞蔵を、笹五郎は鬼のような形相《ぎょうそう》で叱責した。

「誰が菊之助を殺れなんて言ったんだ。俺はあの猿吉って岡っ引を始末しろと……チッ。まったく、どいつもこいつも。それで、よく始末屋が務まるものだな」

始末屋とは何らかの揉め事があったときに仲裁に入り、解決の暁《あかつき》には見返りを貰う商いである。揉め事ゆえ、表沙汰《おもてざた》にしたくない者も多く、それに付け込んで法外な金を要求する。最悪の場合は、人殺しすら請け負うこともあった。

「今度、下手こいたら、てめえらの方が始末されるぞ。覚えとけ」

笹五郎は飲みかけの酒杯を投げようとしたが、思い留まった。そこに、向井がやはり顰め面で乗り込んできたからである。

「おい、貞蔵。おまえとしたことが、なんと間抜けなんだ」

「いや、それが……」

「言い訳はいい。俺も気になって見ていたが、桃香って町娘と猿吉が、おまえたちを蹴散らした……あの小娘も只者じゃねえな」

向井が愚痴っぽく言いかけると、笹五郎の方が偉そうな態度で、

「何を他人事みてえに言ってやがんだ」

と罵《ののし》るように言った。

「――なんだと……笹五郎。俺に向かって何て口の利き方だ」

「うるせえやい。あんたがここに来たのも、きっと猿吉は何処かで見てるだろうよ」

「そんなことは、何とでも言い訳できる」

「ほう……何もかもを俺たちのせいにして、この場で、ぶった斬るとでも言うのかい。だったら、これまであんたに渡した何百両って金を返して貰おうか」

ドスのきいた声で言いながら徳利を叩き割ると、笹五郎は立ち上がった。向井が見上げるほど大柄で、体の幅もある。元はやくざ稼業をしていただけあって、怖いもの知らずの迫力もある。

「まあ、落ち着け、笹五郎……金蔓《かねづる》のおまえたちを俺が斬ったりするものか」

「……」

「それより、俺が一番気がかりなのは、伸太のことだ」

向井はあえて座って、敵意がないということを笹五郎たちに見せた。笹五郎も気を取り直して箱火鉢の前に座ったが、貞蔵たち子分は立ったまま、向井を取り囲んでいた。

「奴は近頃、俺たちの命令に逆らってた……それは、なぜだか分かってるな」

「そりゃまあ……」

「素直に、お弓を渡してやらなかったからだ」

責めるように向井が言うと、笹五郎はバツが悪そうに煙管を銜《くわ》えた。

「たしかに初めに、仲太を始末屋として使えと言ったのは俺だ。あいつは顔つきこそ大人しいが、ここにいる連中より肝が据《す》わってるし、腕っ節も強い。しかも、人とつるまねえから、情に流されなくて、冷静に事に当たることができる」

「まあ、な……」

「始末屋としちゃ、なかなかのやろうだったと思うぜ」

向井の言葉に、笹五郎も頷いて、

「だからこそ、俺も重宝してたんだ。特に、殺しにかけちゃ、怖いくれえ、あっさりとやっちまう」

と、まるで自分のせいではないかのように言った。その顔を覗き込むように睨んで、向井は静かに続けた。

「仲太は一度、俺に相談に来たことがあるんだ。始末屋から足を洗いてえってな」

「あいつが、そんなことを……」

「自分は、やりたくて揉め事の片付けや闇の殺しをやってるんじゃない。笹五郎、おまえとの約束を信じて従ってたんだ」

「俺との約束……」

「そうだ。始末屋で稼いだ金で、五十両払えば、お弓を自由にしてやるってことだよ」

「――まあ、そういう約束はしたが……こっちの渡世《とせい》に足を踏み込ませるための、なんというか、出汁《だし》でさ」

笹五郎は適当に言い訳をして、煙管を吹かした。その煙の前に、向井はわざと顔を突き出して、ふっと軽く吹いた。

「煙たくなったそうだよ、おまえのことがな……」

「……」

「仲太は、お弓を救いたい一心で、汚い事に手を染めてきた。なのに、自分まで都合良く利用されてる……それを何とかしてくれって、俺に泣いて縋《すが》ってきたんだ」

「ま、こっちも薄々は勘づいてましたがね……仲太は所詮《しょせん》は田舎者だ。心底、始末屋になる性根はなかったってことだ」

諦めたような言い草の笹五郎に、向井は少し強い口調になって、

「そんな言い草はあんまりじゃないか」

「旦那は、あんなやつに同情してるってんですかい。これまで散々、阿漕《あこぎ》なことをしてきたくせによ」

「奴の性根は、そんなに柔じゃないぜ」

向井は笹五郎の煙管を軽く叩き落として、さらに顔をつきつけた。

「ガキの頃、お弓の父親《てておや》を殺してるからな」

「えっ……!?」

「幸い酒によって溺れたと、土地の役人は判断したけどな……お弓の父親はとんでもねえ乱暴者で、お弓は体中に痣《あざ》だらけ。お弓の母親も、無理矢理、女郎紛《まが》いのことをさせられていた。笹五郎、おまえみたいな男だったんだよ」

「……」

「だが結局、ガキの仲太にはどうすることもできず、母親は父親の借金の形に、お弓を手放さざるを得なかった……だから、どうしても苦界からお弓を助けたかったんだ」

驚いて聞いている笹五郎から、向井は少し離れて、まるで仲太の代弁をするように、

「お弓を助けるためなら、どんな手段でも使おうと思ってた。どうせ自分は父親まで殺してるんだから、後は何でもできるってな」

「……」

「だが、ある時、客として見世に上がった仲太の様子が変だと、お弓が気づいた……客といっても金は払うが、寝なかったそうだが……お弓は仲太が、とんでもないこと……人殺しをしていることに勘づいたんだ。しかも、笹五郎、おまえにやらされているってな」

向井は苦笑を漏らして、貞蔵たちを見廻しながら、

「何も俺は、おまえたちを責めてるわけじゃない。俺も仲間だからな……だが、仲間だからこそ、仲太のことを大事にしてやって、素直に、お弓と夫婦にしてやったら、良かったんだ」

と諭《さと》すように言った。

「あの夜……お弓は見世から逃げ出して、仲太の所に行こうとしていた……菊之助とたまさか会ってなければ、おまえたちに殺されてただろうな」

「……」

「だが、お弓は連れ戻された。どの道、裏稼業のことを知ったお弓と仲太は、殺される運命にあった。だから、お弓は……自害という道を選んだんだ」

向井は笹五郎を凝視したまま、表情を強張《こわば》らせた。

「菊之助が来たときに死んだのは、表沙汰にしたかったからだ……ひとり夜中に死んでいたのでは、闇から闇に葬られるだけだからな……だが、おまえたちは逆に、菊之助が殺したと言い張り、その裏で、伸太を後追い心中に見せかけて殺した」

「……」

「そして、最後は俺に、菊之助が下手人だと仕立てるために利用した」

しみじみ語る向井に、笹五郎は険悪な目を向けて、

「何を今更、そんな愚痴を……旦那らしくもねえ。生魚にでも当たりやしたか」

と、からかった。

「俺もな、笹五郎……おまえの言いなりになるのは嫌気がさしてきてんだ。伸太はな……若い頃に流行病で死んだ弟に、少し似てたんだ、顔だちゃ気性がな」

「へえ、初耳でやすが」

「だから、身内のように感じてたんだが……お弓のために一生懸命、おまえに尽くしてきたのに、こんな最期はあんまりだと思ってな……俺もそろそろ焼きが廻ってきやがったのかな」

向井が俯き加減になったとき、笹五郎は貞蔵たちに目配せをした。そっと匕首を抜き、有無を言わさずに殺そうとしたが、向井は隣室と隔《へだ》てた襖の方に向かって声

を洩らした。

「聞いたか、猿吉……これがせめてもの、奉行所への御奉公だ」

「なんだと……」

笹五郎が腰を浮かすと、向井は脇差しを抜いて、自分の腹を切ろうとした。

そこに――襖を蹴破って、猿吉が乗り込んできた。同時、犬山も踏み入ってきて、

「その話は、お白洲《しらす》でして貰おうか、向井。こいつらを野放しにしてたのでは、他にも犠牲者が出るのでな」

と脇差しを奪い取った。

向井はその場に崩れたが、笹五郎たちは最後の足掻《あが》きとばかりに大立ち廻りをした。だが、すでに伊藤や松蔵、御用提灯を掲げた大勢の捕方も『稲荷屋』を取り囲んでいた。一斉に乗り込んできた役人たちに、笹五郎と貞蔵はあっという間に捕縛されてしまった。

七

南町奉行所のお白洲では、大岡越前が最後の尋問を執り行っていた。筵に座らされた笹五郎はふて腐れているが、貞蔵ら遊女屋の若い衆は、すっかりしょげて項垂《うなだ》

れていた。

「――向井は罷免の上、斬首となった……武士としての不始末であれば切腹だが、悪事に加担したのであれば、死罪ゆえな」

名誉の死などないのだとばかりに、大岡は毅然と言った。

「さて笹五郎……おまえは予《かね》てより、この大岡の内与力、犬山が探索しておった始末屋なる者たちの頭目であること相違ないか」

大岡が壇上から問いかけると、笹五郎は首を左右に振って、

「さあ。私は始末屋なんぞというのは、聞いたこともございませせぬ」

と惚《とぼ》けた。

「だが、貞蔵らは素直に認めたぞ」

「こいつらは金で雇っている見世の用心棒でございます。お奉行様もご存じのとおり、悪所通いする客の中には、思いがけず女たちに乱暴をする者もいるもので……それだけの関わりです」

「おまえに雇われていると言っておるが」

「ですから、用心棒としてです。始末屋とか何とかはまったく知りません」

貞蔵は不満そうに何か言いかけたが、蹲《つくば》い同心が「動くでない」と強い口調で叱責した。大岡はチラリと貞蔵を見て、

「そこな貞蔵は、おまえに頼まれて、色々な揉め事の仲裁をしたという」

と傍らの文箱に置いていた書類を差し出した。

「吟味方与力が聞き取ったものだが、この三年程だけで、百五十件ばかり始末を請け負っているな。おまえは公事師でもないのに、訴状まで代筆したり、示談を取り持ったりしているではないか」

「そりゃ私は、お奉行もご存じのとおり、元は任俠道に足を踏み入れてましたから、人助けをすることはあります」

「親切心ではなく、金が目的ならば、人助けとは言えぬな。商家同士の取り引き、金の貸し借りの仲裁や取り立て、口入れ屋の鑑札もないのに人足の斡旋《あっせん》までしてる」

「人様に頼まれてのことです。私は金なんざ受け取っていませんよ」

「貞蔵は受け取っていた……いや、むしろ揉め事を収めてやるから、金を出せとおまえの方から首を突っ込んでおるではないか」

「知りません。貞蔵が勝手にやったことでしょう」

笹五郎が断言すると、耐えられなかったのか、貞蔵は思わず大声で笹五郎のほうを振り向いた。

「そりゃねえだろ、笹五郎さん。俺たちは、あんたのために……」

「知りません。阿漕《あこぎ》なことをする奴らは、人のせいにして、自分の罪を減らそうとしますからね。困ったものです」

「それは、おまえ自身のことではないのか」

今度は、大岡が責め立てた。

「証拠を見せてやろう」

大岡が言うと、書役同心が幾つかの書類を運んできて、膝元に置いた。

「これは、おまえが仲裁に入った者たちとの間で交わされた約定だ。百両取り戻せば、二十両もの金を受け取っている」

「お奉行様……お言葉ではございますが、そこに書かれているのは、私も商売でやっていることでして、親切ごかしでしていることではありません。相手がタチの悪い奴で、借金を取り立てるのが難しいときには、私が割って入ることもあります」

「……」

「二割もの手数料は法外だな」

「そうでしょうか。百両丸々返って来なかったかもしれないんですよ。依頼者は誰もが、すこぶる喜んでおりますけどね」

当然だという余裕の笑みを、笹五郎は浮かべて、

「こんなことは、私でなくても誰でもやっていることではありませぬか。与力や同

心の旦那だって、困った人に頼まれたら手を貸しているではありませぬか」

「金は取らぬぞ」

「そりゃ、お役人ですから……言いましたでしょ。私は取り立てを商いにしてます」

「公事師の真似事もしているではないか」

「それがいけないことなら、今後は一切致しません。お約束致します」

「金の貸し借りのことや、揉め事だけならば情状もあろう。だが……」

大岡は帯から扇子を取り出して、笹五郎に投げつけた。とっさに避けた笹五郎は、

「何をなさいます」と表情を強張らせた。投げられた扇子は刀と同じ鋼鉄《はがね》で出来た扇で、当たれば怪我をするであろう。

「人殺しは許すわけにはいかぬのだ」

「――殺し……とんでもありません。私が殺しをしたとでも」

「唆《そそのか》しただけでも、同じ罪なのだ」

「そんなことしてやせん。どうせ、こいつらがしたことでしょうが」

笹五郎は苛立って、大岡を睨み上げた。

「さよう。貞蔵たちはすべて白状した。おまえに命じられて始末した人間は、二十人を下らぬとな。ほとんどは、酔っ払って川に溺《おぼ》れたとか、橋から落ちたとか、辻

斬りにやられたとか、間違って毒茸を食ったとか……などと見せかけたが、ほとんどはおまえの指示どおりだ」

「知りません」

ゆっくりと嚙みしめるように、笹五郎は答えた。

「仲太の場合は、お弓のことで、自分たちが始末屋であることをバラすと言い出した。おまえの悪行を洗いざらい話すとな。だから、殺して、向井を騙して闇に葬《ほうむ》ろうとした」

「……」

「正直に白状せい」

「私は何もしておりませぬ。たとえ石を抱かされたとしても、やっていないことは決してやってないのです」

貞蔵たちはみんな一様に歯嚙みをしながら、笹五郎を睨んでいる。大岡もしばらく鋭い視線を投げつけていたが、

「さようか……そこまで言うのならば、証拠がないからには、これ以上、責め立てても仕方があるまい。全員、無罪放免と致す」

と断じた。

「えっ――」

驚いたのは笹五郎の方である。貞蔵たちも目を白黒させていた。

「お、お奉行様……それは本当でございやすか……あっしたちも無罪放免で……」

「さよう。首謀者の笹五郎が知らぬと申している上は、その指示でやったというおまえたちの証言も信じるに足りぬ。仲太に関しても他の何者かがやったかもしれぬし、自害したのが真実かもしれぬゆえな」

淡々と言ってのけた大岡は、改めて一同を見廻して、

「さあ。晴れて無罪だ。帰るがよい」

と命じると、今度は笹五郎が食い下がるように言った。

「お奉行様……こやつらは自分で殺ったと白状したのですよ。それを放免だなんてことがありますか」

「今言うたとおりだ。この者たちは、おまえに命じられてやったと話した。だが、おまえは指示なんぞしてないと言った。おまえの話を信じれば、こやつらは何もしていないことになる。よって無罪だ」

「そんな屁理屈ってありますか……こいつらは自分が殺したと認めたんじゃありませんか。私は関わりないことですが」

「さよう。おまえは一切、関わりない。よって、こやつらが処刑されようが、無罪放免になろうが、おまえには何の関わりもなかろう……さあさあ、出ていけ出てい

け。次のお白洲があるのでな」

蹲い同心に誘われて、貞蔵ら数人は縄を解かれ、ぞろぞろと町人溜まりの方へ連れ去られていった。

だが、笹五郎は座ったままである。

「どうした。早う致せ」

大岡が強く命じたが、笹五郎はみじんも動くことはなく、

「あんな人殺したちを放免にするとは……名奉行であるお奉行様の名折れですよ」

「そうではなかろう。一緒に出て行けば、奴らの恨みを買って殺される……そう思っているのであろう」

「！……」

「案ずるな。奴らは人殺しではないのだからな。おまえを殺すこともあるまい」

無慈悲な言い草で、大岡は出て行けと命じて、蹲い同心が半ば無理矢理、お白洲から連れ出したのであった。笹五郎が奉行所の表門に出ると、やけに夕陽が眩《まぶ》しかったが、辺りを見廻しても貞蔵たちの姿はなかった。

その夜――。

見世を閉め、奥部屋でひとり酒を飲んでいた笹五郎は、ガタッという物音に背中に冷たい水を垂らされたほど驚いた。

障子戸の向こうに、人の月影が浮かぶと、笹五郎は傍らにあった脇差しを手にして、目を凝《こ》らして様子を窺《うかが》っていた。女郎たちは久しぶりの休みだからか寝静まっているはずだが、たしかに人の気配がする。

「――おめえたちか……かかってくるなら、性根を入れてこいよ。こっちもおいそれとは殺られねえぜ」

ほんのわずかに障子戸が開いて、隙間風が音を立てて入ってきた。その風は不気味なくらい冷たく、つむじ風のように吹くと、行灯《あんどん》のあかりを消してしまった。

一瞬にして暗闇となった中で、笹五郎は壁を背中にして脇差しを抜き払った。

「俺も男を売ってきたが、おまえたちの腕前は承知しているつもりだ。喧嘩はともかく、闇から闇に葬る手捌《てさば》きは大したもんだ。だからこそ、おまえたちを雇ってたんだ」

カタッと床を踏む音がした。笹五郎は首を竦めたが、目が鋭くなって、脇差しをそっと突き出して様子を窺っていた。

「お白洲で白を通したのは、おまえたちにも累《るい》が及ばねえようにしたかったからだ……お陰で解き放たれたじゃねえか。遠島じゃ済まねえ。確実に獄門《ごくもん》だったんだぜ。どのみち証拠はねえんだから、おまえたちも白状することなんざ、なかったんだ」

「……」

何となく息遣いはするが、まったく姿を見せないことに苛立ったのか、笹五郎はドスをきかせた声で、

「聞いてるのか、貞蔵。てめえを一端の男にしてやったのが、この俺だってことを忘れたんじゃあるめえな。犬でも買い主に刃向かったりしねえぞ」

と怒鳴った。

だが、隙間風がすうっと入ってくるだけで、貞蔵らが乗り込んでくる気配はない。

「――では、自害ってことで、死んで貰いやすかねえ……」

何処かから掠《かす》れた声が聞こえた。

「これまでの悪事に疲れたってことで……」

「貞蔵！　いい加減にしやがれ」

笹五郎は障子戸を蹴破って裏庭に躍り出た。すると二階の窓から、女郎たちが下を覗き見ている。

「ご主人……どうしたんです……」

女郎のひとりが声をかけた。

「誰がいるんだ。そこに貞蔵がいるんじゃねえのか」

「貞蔵……貞蔵さんなら、今日の夕方、鈴《すず》ケ森《がもり》で処刑されたって話ですよ。他の人たちも一緒に……中には遠島で済んだのもいるそうだけれど。ご主人、何があった

んです」

少し震える声で訊いてくる女郎を、笹五郎は見上げて、

「えっ……なんだと……貞蔵らは処刑された……」

「はい。ご主人が帰ってくる少し前に、伊藤の旦那と松蔵親分が来て……笹五郎さんは大丈夫、帰ってくるからって」

「……」

「――気のせいか……でも、どうして……奴ら、放免になったんじゃ……」

不思議そうに首を振りながら部屋に戻ると、今話していた女郎がいた。笹五郎はじっと見つめながら、

「誰だ……見たことねえ顔だが……」

「お忘れですか、お弓です」

「ば、バカを言うな。全然、違う顔じゃねえか。それに、あいつは死んだ」

「死んだけれど、この姿に乗り移ってきたんです。あなたにだけは、怨《うら》み言を言っておこうと思ってね」

「ふざけるな」

脇差しの切っ先を向けたが、お弓……いや、桃香が変装しているのだが、まったく動じることはなく笹五郎を睨み返した。

「どのみち証拠はねえんだから、おまえたちも白状することなんざ、なかったんだ……って誰に言ってたんです」

「うるせえ。何者だ、おまえはッ」

笹五郎が鋭い眼光を向けると、桃香は凜然と言った。

「本物の始末屋ですよ」

「なに……」

「腐りきった人間には、閻魔《えんま》様が直に、地獄に行くのを迎えにくるんです」

「黙りやがれ！」

斬りかかった笹五郎だが、桃香は軽く跳んで躱した。その背中を蹴飛ばすと、笹五郎はよろよろと土間に転げ落ち、水桶に顔から突っ込んだ。慌てて起き上がろうとしたが、その首根っこをグッと押さえつけられた。息が苦しくて、水中で藻掻《もが》いた。

その耳元に、桃香が囁いた。

「冥途の土産に話してあげますよ……貞蔵はすべて、あなたの命令で人殺しを重ねたと、お白洲で言ったとおり、閻魔様にも白状しているところです」

ブグブグと泡を吐き出しながら、笹五郎は足掻き続けた。大きな体を揺らして、水桶《みずおけ》を倒して顔を出した。息をたんまり吸って、笹五郎は怒りの顔を桃香に向けた。

「やろう……！」

と突っかかろうとしたが、今度は首に綱の輪っかが引っかかった。まるで頸椎《けいつい》が折れたかのように仰け反った笹五郎は、必死に喘いだが、じわじわと綱は梁に巻き上げられていく。

「や、やめろ……」

喉に食い込む綱を、笹五郎は必死に摑みながら、

「やめてくれ……死にたくない……」

「でしょうね。そうやって、哀願する人たちを、あんたは虫けらのように殺してきた。同じ気持ちになって、殺した人に詫《わ》びながら、自分も地獄に落ちるのですね」

「――し、死んじまう……よ、よせ……」

「お白洲で正直に話そうが話すまいが、閻魔様はぜんぶお見通しなんです。阿漕なことをした者は決して許されないんです」

「わ、悪かった……金は払う……おまえも始末屋なら、わ、分かるだろう……やらなきゃ、こっちがやられるんだ……た、助けてくれ……お願いだ……」

「じゃ、すべて認めるのだな」

「認める。だから、助けてくれ……同じ始末屋じゃねえか……」

「金は幾ら出す」

「好きなだけやる。帳場の奥の壺にたんまりある。欲しいだけ持って行け」

「はい。では、戴きます。でもね……私の顔を見たからには、あなたにはこのまま死んで貰いますわ。うふふ」

桃香が艶っぽい仕草で笑うと、笹五郎は気を失った。

そこへ、綱を引っ張っていた猿吉、それをさせていた福兵衛、そして様子を見ていた犬山が姿を現した。

「ちょっと調子に乗りすぎたな、桃香……」

福兵衛が呆れ顔で言うと、犬山と猿吉も頷きながら、

「しかし、これくらいやらなきゃ、死んでも口を割らなかっただろう」

「もう一度、お白洲に出たときには、私が証人になりますから」

「まったく乱暴なことを……困ったものですなあ……」

まんざらでもなさそうに笑う福兵衛だが、猿吉は真顔になって、笹五郎に捕り縄をかけた。その体に、犬山が活を入れて息を吹き返させたが、気がついた笹五郎は何事があったのかと、狼狽《ろうばい》しているばかりであった。

無事、菊之助の疑いは晴れたが、なぜか以前のように桃香をからかうことはなかった。誰に聞いたか、

——桃香は始末屋の一味。

との噂を耳にしていたからだ。たしかに腕前はただのお転婆娘ではない。妙に肝が据わっているし、正体もよく分からなかった。

「ねえねえ、菊之助さん。今度、お芝居に一緒に行こうよ。男を恨み続けて殺す話なんだって。お弓さんとは正反対。でも、女の悲しい性かしら。面白そうよね」

「あ、いや……しばらく遠慮しとく」

菊之助はなんとなく避けて逃げ出すのを、今度は桃香が追いかけた。必死に走る菊之助よりも、裾を捲って跳ぶように走る桃香の足の方がはるかに速い。

「うわあ……！」

振り返って驚く菊之助は、目の前に迫った掘割に気づかず、そのまま落下した。そのずぶ濡れの姿を見て、アハハと大笑いをする桃香に、燦々《さんさん》とお天道様が照りつけていた。

第四話　百万石の陰謀

一

材木問屋『信濃屋《しなのや》』の表に、漆塗《うるしぬ》りの武家駕籠《かご》が来て止まった。供侍《ともざむらい》は数十人も並んでおり、物々しい雰囲気が広がっていた。

駕籠には金箔《きんぱく》の梅鉢紋《うめばちもん》が輝いている。加賀《かが》百万石縁《ゆかり》のものであることは間違いない。だが、駕籠から人が降りてくることはなく、先頭を歩いていた裃《かみしも》姿の御老体が、咳払いをしてから、

「ごめん」

と嗄《しわが》れ声で言うなり敷居を跨《また》いで、店の中に踏み込んだ。

行列が近くに現れたときから、大番頭の儀兵衛《ぎへえ》や手代らは何事かと首を伸ばして眺めていたが、まさか自分の店に来るとは思いもしなかったから驚いた。

「あの……私どもの店に御用でしょうか……」

儀兵衛はいつになく緊張して、品性のありそうな御老体の武士に声をかけた。

「儂《わし》は加賀金沢《かなざわ》藩、江戸留守居役《えどるすいやく》の高倉典膳《たかくらてんぜん》という者である。主人の元《もと》右衛門《えもん》に折

り入って話があって参った。そう伝えてくれ」

「か、加賀藩……前田《まえだ》様の……?!」

家紋を見て承知していたとはいえ、百万石の大名の江戸留守居役と名乗られては、ハハアと土下座をせざるを得なかった。だが、高倉は困ったように目尻を下げて、

「大仰なことはよいから、ささ、元右衛門を呼んでくれ」

と人当たりの良さそうな顔で言った。

番頭が呼びに来るまでもなく、すぐに元右衛門の方から出てきて跪《ひざまず》くと、丁寧に手を突いて頭を下げた。

「――お待ちしておりました……」

元右衛門は静かだが、何か覚悟を決めたような口振りで、高倉の顔を見上げた。

「うむ……」

高倉は小さく頷くと、元右衛門が招くままに奥座敷に入っていった。家臣の侍も数人、後をついていき、他の供侍たちも店の前や裏手などに散って、重層な警固をした。

奥座敷に入った高倉が上座に座ると、元右衛門は店の者に茶を出せと命じた。が、高倉は首を横に振り、

「茶はよい。儂が来たからには……分かっておろうな」

と勿体《もったい》つけたような口振りで言った。

元右衛門はしっかりと相手を見据《みす》えたまま、しかと頷《うなず》いて、

「毎日毎日、いつこの日が来るかと、覚悟をしておりました。私へのお気遣いは無用でございます。すぐにでも……」

と言ったとき、軽妙な鼻歌が離れに続く廊下から聞こえてきた。

「——あら、秋の夜長はまん丸の、月の光の愛《いと》しさに、ぬしも何処《どこ》ぞで見てるかえ、待てども来ないおまえには、鐘でも鳴らして伝えたい。あらよっとこ、おいらの胸も鳴って響いて、あらのら……」

姿を現わしたのは、女物の羽織を斜めに掛けて、能で使うような大きな扇をパタパタと動かしている菊之助《きくのすけ》だった。

——あちゃ……。

という顔になって俯いた元右衛門に、高倉は尋ねた。

「あの者は……」

「はい……あれが、菊之助でございます……申し訳ありません」

なぜか元右衛門は謝った。高倉は俄《にわか》に不愉快な表情を露《あら》わにして、

「なんと……まさか、嘘であろう」

「正真正銘に菊之助。この『信濃屋』の跡取りでございます」

「ふむ……」

「当代随一の武芸者や学者につけて、けっこう身を入れて学びました。ですが、誰に似たのか、少々、オチャラけておりまして」

「誰に似たのか……そんなことは、おまえは分かっておろう」

高倉は扇子《せんす》でポンと膝《ひざ》を叩いた。

「噂には、かなりの人格者で、頭脳明晰、弱気を助け強くを挫《くじ》く気質だとも聞いておったが……聞くと見るとでは大違いだな。あいつは昼間から酔っているのか」

「あ、いえ……菊之助はあまり酒を嗜《たしな》みません。ですから、あれは〝素《す》〟でございます」

「酒も飲まずに、あれか……逆に心配だのう」

高倉は不愉快なものを飛ばすように、また大きく咳払いをしてから、

「構《かま》わぬ。ここへ呼べ」

と命じると、近くに控えていた家臣が声をかけた。

「菊之助様でございますね。どうぞ、こちらに」

家臣たちを見廻して、座敷にいる高倉と元右衛門の姿も認めて、

「あら、おや……なんだか、凄《すご》いお侍さんたちがおでましになってるけど、親父《おやじ》……俺、何もしてねえからな」

と誤魔化《ごまか》し笑いを浮かべた。

「いやいや、本当に何もしてねえって……昨日も愛しの桃香《ももか》ちゃんに袖にされ、ひとり寂しく鰻《うなぎ》を食った。空のお月様は、どこまでもずっと俺について来てくれるのに、桃香ちゃんたらつれなくてね……あ、つれないって、鰻が釣れないってんじゃなくて、つれない……相手にしてくれないってことですよ」

「――おまえは誰に話しているのだ」

元右衛門は恥ずかしさに顔が真っ赤になりながら、手招きをして横に座らせた。

高倉はまじまじと菊之助を見つめて、

「たしかに……目元や口元……何より、その鷹《たか》のような鼻筋は、亡き殿にそっくりじゃ……いやいや血は争えぬな」

と感慨深げに溜息をついた。

「あの……なんの話です……親父。この御方は何処のどなたです」

「あ、ああ……」

困ったように曖昧に返事をしたが、元右衛門は意を決したように、

「聞いて驚くな。この御方は、加賀百万石の江戸留守居役……」

「そりゃ分かるよ。だって、表の駕籠は前田様の御家紋だし、この仰々《ぎょうぎょう》しさだもの。まあ、そうなんだろうなってことくらいは。そうじゃなくてさ……俺、親父に迷惑

をかけるようなこと、何もしてねえから。ましてや、こんな凄いお大名には接点すらないから」

必死に言い訳をする菊之助を見ていて、高倉の方が何となく愉快そうに笑った。

「いやいや、これはもしかしたら、もしかするな、元右衛門」

「は……？」

「菊之助。そうやって、腑《ふ》抜《ぬ》けのふりをして、この儂が誰か探りにきたのであろう」

「まさか。俺は本当に、桃香ちゃん一筋だからさ……」

「剽軽《ひょうきん》なところも、殿にそっくりじゃ」

「――殿……」

首を傾げる菊之助に、高倉は目顔で元右衛門に頷いてから、自ら語り始めた。

「実はな、菊之助……おまえは、加賀百万石の若君なのじゃ」

「はあ？」

「驚くのも無理はない」

「いえ、驚いてません。あまりにも馬鹿馬鹿しくて」

と菊之助はアハハと笑うだけで、まともに話を聞いていないが、構わずに高倉は真顔で続けた。

「かれこれ去ること二十五年になろうか」

「ああ、俺の年だ」

「殿……つまり、おまえ……あ、いえ、失礼をば致しました……菊之助君のお父上が葛西《かさい》の方に鷹狩りに出向いておりました折、賊に襲われましてな」

「賊……」

「賊と言っても、時の江戸家老・本藤久右衛門《ほんどうきゅうえもん》という者でして、菊之助君、あなた様を亡き者にしようと画策していたのでございます」

「はあ？」

狐につままれたような顔になって、菊之助は笑うに笑えなかった。

「俺が百万石の若君で、家老に命を狙われそうになったとな……あらまあびっくり驚いた……この俺が命を……」

「驚くのは無理もありませぬが、まずは身共《みども》の話を真面目に聞いて下さいませ」

高倉は真剣な眼差しになって、菊之助を諭すように続けた。

「ご存じとは思いますが、前田利家《としいえ》公から数えて五代目の綱紀《つなのり》公は、隠居後も政務の陣頭指揮を執り、享保七年に亡くなるまで、長きに亘り、加賀藩を盛り立ててきました。家臣団の統制から財務の立て直し、蝦夷《えぞ》との交易、城下町の整備、農地などの改革の一方で、『加賀は天下の書府なり』と呼ばれるほど諸国から文献を集め、また木下順庵《きのしたじゅんあん》や室鳩巣《むろそうきゅう》など当代一流の学者を招きました。学術だけではなく、能楽や工芸などにも力を注ぎました……いわば、綱紀公は加賀百万石の繁栄を作った御仁でございます」

「で……」

菊之助は上の空で聞いている。

「あなた様は、その綱紀公の御落胤《ごらくいん》でございます」

「――いや、俺は『信濃屋』の子です」

「ですから、まあ聞いて下さい」

めげずに高倉は朗々とした声で話した。

「綱紀公の母親は、徳川家《とくがわ》三代将軍・徳川家光《いえみつ》公の姫君、清泰院《せいたいいん》様であらせられます。徳川家とも深い繋がりがあります。あなた様もいわば、徳川家の流れを汲《く》むお血筋でございます」

「俺が……へえ……そりゃ、凄い」

「今から遡ること二十五年。先程も申しましたとおり、時の江戸家老の本藤めが、あなたを狩り場で殺そうとしました。その時、一匹の野良犬が来て、あなたを咥《くわ》えて逃げてしまったのです」

「野良犬に食われたのか」

「いえ、咥えて逃げたのです。そのまま野良犬は何処へ行ったか分からなくなりましたが、結果として、暗殺はできませんでした。もちろん、私たちはその後も、一生懸命探しました。すると、野良犬は狩り場から随分と離れた藪の中に、赤ん坊のあなた様を隠し、舐《な》めながら守っていたのです」

「……そういや、俺は犬が大好きだ」

「見つけましたが、江戸藩邸に連れ帰ると、またいつ本藤に狙われるかもしれません。そこで、私は……予てより付き合いのあった、信頼できる元右衛門に事情を話し、預かって貰うことにしたのです」

「私を……」

「さよう。元右衛門夫婦は子に恵まれなかったのでな、実子として育てて貰ったのだが、万が一、藩に何か異変があらば、殿様として帰って来て貰うよう、段取りをつけておったのだ。まさか、かような日がこようとは、私も思ってはみなかったが……」

真剣に話されれば話されるほど、菊之助は信じることができなかった。まるで人形浄瑠璃《じょうるり》にでもありそうな物語だからだ。

父親の元右衛門もいつもは真面目な顔をしながら、時折、ふざけたことをするときがある。きっと何か狙いがあって、息子を担ぐつもりであろうと、菊之助は用心していたが、高倉はさらに続けた。

「今の藩主は、綱紀公の第一子、前田吉徳《よしのり》様でございます。元禄《げんろく》三年生まれですから、もう四十になります」

「えらく年が離れてるな」

「側室は七人おりました。その一番、若い側室の子で、綱紀公は還暦を過ぎておりましたが、かなりの艶福家だったようで」

「俺はそうでもないぞ。桃香一筋……」

「誰ですか、その桃香、というのは……ま、とにかく吉徳様は、五代将軍綱吉《つなよし》公の養女、松姫《まつひめ》を正室に迎えられ、お父上に負けず劣らず、善政を布《し》いておいでです。綱紀公の頃の贅沢三昧が響いて、百万石の台所にも歪《ひず》みが入りましたので、質素倹約や公費節約などをしてきました。ところが……」

高倉は顔を少し曇らせて、

「そのような政事《まつりごと》に疲れたのか、近頃は病がちで、いつどうなってもおかしくない状況なのでございます」

「いや、それは大変ですなあ」

「ですから、此度、あなた様に加賀藩に戻っていただき、殿に万が一のことがあれば、藩主を継いで貰いたい……そう嘆願に上がったのでございまする」

高倉は両手をついて頭を下げた。

「いやいやいや……加賀藩の若君ってのは到底、信じられないけど、家老に命狙われてるのだろう。そんな所、行きたくねえやな」

「赤ん坊の時の話です。本藤ももう鬼籍《きせき》に入っておりますれば、江戸家老は……その子の左門之亮《さもんのすけ》様ですが、昔の事情のことなどは知りません……此度のことは、この留守居役の高倉の一存ではなく、殿の御意向を受けてのことでございますれば」

切実な態度で高倉が訴えていると、元右衛門は涙ぐみながら、

「不出来な息子ではありますが、こうして離ればなれになるとなれば、なんとも悲しいものでございます」

と袖《そで》で目を拭《ぬぐ》った。

「またまた……親父よ、もしかしたら、俺のことが嫌になって、作り話で体よく追い出そうとしてるんじゃないの？　そんなに俺のこと迷惑だったかい」

「——よく聞け、菊之助……これは本当の話だ……私も胸が痛い……だが、おまえは正真正銘、加賀藩の……」

言葉が詰まって、元右衛門は嗚咽《おえつ》した。

菊之助はその顔を、まじまじと見つめていたが、どう見ても三文芝居《さんもんしばい》にしか見えず、深い溜息をつくのであった。

二

夕暮れの隅田川《すみだがわ》の畔《ほとり》から、永代橋《えいたいばし》が見上げられる。橋桁《はしげた》の下から見る江戸の風景も、桃香は好きだった。

夜になっても岸辺で釣り糸を垂れている者もいる。淡水と海水が入り混じる河口辺りは、色々な魚が釣れるのだろう。

そんなのどかな情景に目を和ませていると、ひとりの痩《や》せた女が、両手を合わせて川に飛び込もうとしているのが見えた。懐《ふところ》が膨《ふく》らんでいるのは、石を沢山《たくさん》、抱えているのであろう。

思わず駆け寄った桃香は、「およしなさい」と抱きとめた。その途端、女はくるっと向き直って、手にしていた短刀を、桃香の胸に押し当てた。

「逆らわないで下さい。桃太郎《ももたろう》君」

「?!──何のこと」

「惚《とぼ》けても無駄です。大人《おとな》しくついて来て下さいますね」

桃香は一瞬の隙に、相手の短刀を打ち落として走り去ろうとした。が、近くで釣りをしていた者たちや川船の船頭、物売りなどが一斉に近づいてきて、あっという間に桃香を取り囲んだ。すっかり風景に和んでいたのは、どうやら、何処その忍びか何かのようだった。

その中の釣り人がおもむろに近づいて来て、

「命までは取りませぬ。ご同行願いましょうか」

と獣のような眼光に変わった。命は取らぬと言いながら、逆らえば斬《き》るつもりであろう。それほどの殺気であった。

桃香が連れて来られたのは、永代橋を渡り、築地《つきじ》にある立派な武家屋敷だった。桃香には、ここが加賀金沢藩の中屋敷だということはすぐに分かった。

諸大名は、江戸に上屋敷・中屋敷・下屋敷を構え、上方では大坂蔵屋敷《おおさかくらやしき》と京屋敷《きょうやしき》を持っていた。江戸屋敷は参勤交代の折、滞在する所で、また〝人質〟として常駐している正室や子女が暮らす所だった。さらに、幕府と藩を結ぶ政治上の拠点であるため、藩主の代行を司《つかさど》る江戸家老がおり、その下に留守居役が置かれていた。

留守居役とは、幕府や他藩との政治折衝を行う〝外交官〟のようなものだが、その耳目として、藩士や忍びを使っていた。もっとも、家老と留守居役は立場が正反対であった。家老が殿様第一ならば、留守居役は幕府や他藩との諍いを避けるために、殿様に辛《つら》いことを進言することもあった。

中屋敷は子女や中堅以下の家臣が詰めていることが多かったが、藩の耳目役の忍びの者らが供侍や中間などとして潜んでいるには丁度《ちょうど》良い場所だった。

その奥の一室に連れてこられた桃香は、数人の者たちに取り囲まれ、緊張の糸が張りつめたままだった。だが、持って生まれた気性の強さからか、まったく怯《ひる》んでおらず、

「もしかして、あなたたちは加賀藩の忍びですか」

と訊いた。

一同はわずかに表情が強張《こわば》って、桃香を睨みつけた。先程、釣り人姿をしていた者が、頭目格のようで、薄ら笑みを浮かべ、

「さすがは、讃岐綾歌藩《さぬきあやうたはん》の若君。奏者番《そうじゃばん》に選ばれただけのことはある」

と言った。

正体はすべて見抜いていると言いたげな自信に満ちた顔つきだった。もはや隠し立てしても無駄だと思った桃香は、居直ったように相手を見廻しながら、

「私のことを知っていながら、かような真似をしたのはどういう訳か聞かせて貰いましょうか。相手が加賀藩とはいえ、ただでは済みませぬぞ。名を名乗りなさい」

「……」

「加賀藩といえば、〝偸組《ぬすみぐみ》〟でしょう。かつて、前田利家公が、四井主馬《よついしゅめ》が率いていた、凄腕の一団と聞き及んでいますが、あなたはその流れを汲む者ですか」

「……」

「〝偸組〟には伊賀者《いがもの》も多いと聞いています。公儀と深い繋《つな》がりのある忍びが、何《な》故《ぜ》、私を捕らえたのですか」

桃香が頭目格を睨みつけると、相手は苦笑を浮かべたまま、

「さすがだな。まったくもって怖がってもおらぬ……こっちこそ聞きたい。何故、町娘に扮《ふん》してまで、菊之助に近づいているのだ」

「菊之助……」

「惚けるでない。『信濃屋』の御曹司だ」

「あ、ああ……あの者が如何《いかが》した」

「ふむ。あなたもかなりの食わせ者だな。そうやって女装して、菊之助を虜《とりこ》にし、何をか画策しようとしていること、こっちは先刻承知なのだ。さあ、事の子細を聞かせて貰いましょうか」

「女装……」

首を傾げた桃香はハッとなった。

——この者たちは、私が綾歌藩の若君だとは思っているが、女だとまでは知らないのだ。ならば、こっちも……。

様子を探るために、騙《だま》し通してやろうと決意した。

「そうか……そこまで私のことを調べているとは、加賀藩に何やら異変があるわけだな……前々から、上様直々にお噂は聞いていたが、これはまたとんでもない狸《たぬき》が出てきたものだ」

上様の話は出鱈目《でたらめ》だが、桃香は若君らしい言葉遣いでカマを掛けた。すると、頭目格は一応、相手は小藩でありながらも次期藩主となる若君であり、しかも奏者番の候補でもあるためか、俄に態度を改めて、

「ご無礼、申し訳ございませんでした。かような手荒い真似はしたくなかったのですが、事は急を要するゆえ……」

と両手を床につけた。他の者もすぐにそれに従ったが、却《かえ》って桃香は警戒した。それでも、頭目格は頭を下げたまま、

「ご推察のとおり、拙者、四井主馬より五代目の四井弓馬《きゅうま》という者。余の者たちは配下でございます」

「そういえば……加賀藩主の吉徳様は、ご病気を理由に、参勤交代を免除されたと聞いておるが、無事息災《そくさい》かな」

「事の発端は、それでございます」

弓馬は顔を上げて、真摯《しんし》な態度になった。先刻までの乱暴者とはまったく違う。

「実は……綾歌藩の若君だからこそ、打ち明けますが……吉徳様は肝の臓に悪い病

を抱えられており、病に臥《ふ》しておられます。御殿医の話では、危うい状態なのです。そこで……」

中屋敷ではあるが、弓馬は少し声を潜《ひそ》めて、

「国家老の稲垣内記《いながきないき》様、そして江戸家老の本藤左門之亮様らが、殿の身の上を案じ、八方手を尽くしております。跡継ぎに関しては、まだ長男の勝丸《かつまる》君が五歳ですがおられますし、まだ赤ん坊の次男、亀次郎《かめじろう》君もおいでです」

勝丸とは六代藩主の宗辰《むねとき》、亀次郎とは七代藩主の重熈《しげひろ》のことである。金沢藩は後に、吉徳の息子たちが十代まで継承することになる。

「にもかかわらず……江戸留守居役の高倉典膳という者が、事もあろうに、先代藩主・綱紀公の落とし胤《だね》を藩主に据えようと画策しておる節が……」

「御落胤ですか……」

「それとて本物かどうかは分かりませぬ。先代の側室の子というのも、作り話かもしれませぬ。こんな言い方をしては無礼ですが、先代は何処へ行っても、目につけた女を我がものにしないと気が済まぬ性分で」

「そうなのか。加賀百万石の隆盛があるのは、綱紀公の多大な善政に拠るものだと、誰もが思うておるがな」

「むろん、おっしゃるとおりです。が、頭の中と下半身は別人格と申しますが……

これ以上は主君の悪口になるので控えますが……事は藩の一大事でござる。出自の明らかでない者を、藩主に据えようという高倉の魂胆は、潰《つぶ》さねばなりませぬ」

頑固なほどに強く言い放って、目の奥をギラつかせた。桃香も真剣なまなざしで、それを受け止めながら聞いていた。

「で……その御落胤とは誰じゃ」

「ご存じないので？」

探るように弓馬が訊くと、桃香は首を振った。

「知らぬ」

「では、何のために、あのぼんくら息子の菊之助に近づいていたのです」

「私が近づいたのではない。向こうから何かと迫ってくるのだ」

「なんと……では、あやつは桃太郎君に接して、上様に取り立てて貰い、加賀藩を乗っ取ろうとでも画策してたのでしょうか」

「む……何の話だ……そもそも、菊之助は私のことを、綾歌藩の桃太郎とは知らぬ」

と言いつつも、桃香は少し首を傾げて、

「まさか、あの菊之助が、その御落胤だなどと言うのではあるまいな」

「その、まさか、です」

キョトンとなった桃香は少し間を置いて、大笑いした。

「なるほど……それで、私もその〝陰謀〟とやらに関わっているから、近づいているると思うておったのか」

「違うのですか」

「何かの間違いであろう。あの男はたしかに憎めないところもあるし、正義感もそこそこあるが、どう見ても加賀のお殿様の御落胤とは思えぬ。ただの道楽息子だ」

腹を抱えて笑いたいところだが、桃香は懸命に我慢した。弓馬は不審げに見つめ、

「——ならば、何故、女装をしてまで、あの者にお近づきに……」

「だから言うたであろう。向こうから言い寄ってきているだけだ。女と思うてな。だから、面白いから、こっちもチトからかっていただけのことじゃ。あはは」

さらに疑り深い目になる弓馬に、桃香は順番に話して聞かせた。

自分はたしかに〝女装癖《へき》〟がある。体は男だが、心は女かもしれぬと自分では思っている。しかし、家老の城之内は、自分を邸内に押し込めている。だから、気晴らしに町娘になりきって町場に遊びに出たら、菊之助が言い寄ってきたということを得々と話した。

「さようですか……」

納得できない顔で、弓馬は桃香を見据えていたが、

「ならば桃太郎君……私たちに手を貸して下さらないでしょうか」

「どういうことだ」

「高倉典膳という留守居役は、好々爺面《こうこうやづら》をしておりますが、なかなかの野心家です。菊之助とやらを利用して、殿が病状なのをこれ幸いと、藩の乗っ取りを画策しております」

「それはさっき聞いた」

「念を押しているのです。よろしいですか、若君……もし、百万石の我が藩が傾くようなことがあれば、幕府にも影響がありましょう。しからば、幕府の威厳を保ち、大名同士の均衡を保つ役目もある、奏者番のあなた様が真相を暴くことこそが、大事かと存じます」

必死に説得しようとしている弓馬だが、桃香はまだ相手を信用したわけではない。理由はどうであれ、強引に人攫《ひとさら》い同然な遣《や》り口が、好きではないからだ。

しかし、「真相を暴く」という弓馬の言葉に、桃香は擽《くすぐ》られた。お節介虫《せっかいむし》が、体の奥から湧《わ》いてきたのだ。しかも、加賀百万石存亡に関わる話だ。すっかり痺《しび》れてしまった。

「相分かった。この桃太郎、綾歌藩の威信をかけて、解決して進ぜよう」

軽く胸を叩いて、桃香は立ち上がったが、

「今しばらく、お留まり下さいませ」

と弓馬は止めた。

「我々の目的は只《ただ》ひとつ。お殿様の跡継ぎを亡き者にして、己《おのれ》の都合のよい輩《やから》を藩主にして権力を握ろうとしている高倉の謀反《むほん》を暴《あば》くことでござる。どうか、お力添えを」

「私はどこにも……少々、緊張したもので、ただ厠《かわや》へな」

「ならば、私がご案内を……」

桃香は困惑しながらも、大人しくついていくのだった。

三

本郷《ほんごう》にある加賀金沢藩・江戸上屋敷には、菊之助が招かれていた。

さすがに「加賀中納言屋敷」と呼ばれるほどで、八万八千坪以上あり、巨大な庭園を擁《よう》していた。〝赤門《あかもん》〟と呼ばれる御守殿門《ごしゅでんもん》ができるのは、時代を下るが、隣接する水戸《みと》家の中屋敷を遥かに凌駕《りょうが》する大屋敷であった。

近くには、幕府先手鉄炮組の与力、同心組屋敷が配置され、幕府が警固していた。逆に言えば、反旗を翻すのを警戒しているともいえる。それほど、幕府にとって重要な大藩なのである。

江戸で屈指の材木問屋の倅《せがれ》であっても、さすがに加賀百万石の屋敷には、度肝を抜かれていた。大きさだけではない。石垣を重ねて造られた庭園には、広い池があって野鳥が遊んでいる。美しいだけではなく、要塞として機能していることが、菊之助にも分かった。

「なるほどなあ……これが殿様の暮らしというやつか」

深い溜息をついて、羽音を立てて飛び立つ野鳥を見上げた菊之助は、白綸子《しろりんず》の殿様姿になっている。その隣には、高倉が控えており、菊之助を下にも置かぬ態度で、

「よくぞ、ご決断下さいました。これで、国元の殿もご安心だと思います」

と頭を下げた。

「本当に、本当なのか……いやいや、驚いた……たしかに俺は、人とは違う優れた頭や人一倍の優しい心根、そして何より、駄目なことには駄目という正義感がある……幼い頃から、ただの商家の息子とは思っていなかった」

「さようでございましょうとも」

「桃李《とうり》もの言わざれども下自ら蹊《みち》を成す……というからな。俺もそうだ」

「ええ、ええ……これから、菊之助君には持てる才覚を存分に発揮して貰いとう存じます。特に商人としての力を」

「はい。我が藩は百万石といえども出費も多く、実質は窮状が続いております。金沢の町は、江戸に負けぬほど繁華な所が多く、町地は金沢町奉行の支配にあり、町奉行の役人と町年寄など町人の役人によって成り立っております」

「そのようですね」

「だが、金沢の町人は、江戸や大坂の町人とは違い、自ら儲《もう》けることよりも、藩から保護を受けることを第一としておるゆえ、決して外に向かって働きかけず、いわば身内だけで完結しようとしています。利益を追及するのが恥と言わんばかりでして」

「それでは商人ではありませぬな」

「たしかに、北前船などで大きな儲けを出す者もいるが、京の町のように古色蒼然としており……せっかくの町の値打ちを十分に生かしきっておりませぬ。ですから、倹約と増税しか、方策がないのです」

「なるほどなあ。だから、この俺様を藩主にして、財政改革に取り組みたい。高倉殿はそう考えているんだな」

「おっしゃるとおりです。しかし、藩の重臣たちは、しっかりと対応しようとしておりませぬ。元禄の頃、時の将軍、綱吉公をこの藩邸に招いては、贅沢な饗応に明け暮れていましたが、それで藩財政が傾いたままなのに、家老たちは未だに改善しようともせず……」

「それは、あんまりな……」

「そこで、商売にも熟知した菊之助君のような御仁が藩政を執って下されば、農民たちに重い年貢を課さなくてもよく、町人たちの漆や友禅に彩られた暮らしもまたできるというもの。どうか、宜しくお願い致したい」

吉徳は頑張っているものの、倹約政策には限界があり、先行きが不安だと高倉は言った。むろん、手を拱いているだけではない。様々な手を尽くしているが、銭屋《ぜにや》五兵衛《ごへえ》のような破天荒な商人が北前船を利用して豪商になるのは、まだ後の世のことである。

「留守居役様。ひとつだけ、お話ししておきましょう」

あまり人に見せたことのない真顔になった菊之助は、広々とした庭園を眺めながら、

「商いはこの庭と同じなんです。四季折々の草花は自然の摂理でしょうが、綺麗に維持しているのには、人の手がかかります。その人の手を生み出すことが商売の基本です」

「人の手……」

「それに加えて、この庭は去年と今年、何一つ変わってないようですが、色々な物が新しく入ってます。垣根を結ぶ綱や雨樋《あまどい》の板、側溝の石、小さな所は取り替えております。だが、それらは何処から来ますかね。この屋敷の中にはないものばかり。つまり他から仕入れてこなければなりませぬ」

「ええ……」

「つまり、彼の地からこの地に、物を運ぶということです。材木だってそうです。山奥から伐りだしたものを船や大八車《だいはちぐるま》で運び、それに手を加えますね。それが商いです」

「……」

「商いとは、人を動かし、物を動かす。そのことに尽きます。地所から金を得ている身ではあるが、これは商いとは言えない。何も生まないからです。でも、俺は年がら年中、江戸中をぶらぶらしていて、商いとはそういうものだと確信してる」

しだいに偉そうな口振りになったが、妙に爽やかに言う菊之助を、高倉は頼もしそうに見ていた。

そこへ、如何にも身分の高そうな黒羽織姿の武士が声をかけずに、入ってきた。濃く太い眉毛で、如何にも意志が強そうである。

「高倉。誰に断って、かような輩を屋敷に入れておるのだ」

いきなり喧嘩を吹っかけるような物言いであった。だが、高倉はまったく意に介さない態度で、毅然と言い返した。相手が自分の倅ほどの年頃だからであろうか。

「殿に許しを得ております」

「国元におられる殿に、どうやって許しを得たというのだ」

「先月、金沢城まで参りましたし、文も戴きました」

「そんな何処の風来坊《ふうらいぼう》か分からぬ者を、殿の後釜《あとがま》に据《す》えようとは片腹痛い」

「殿の御意向でございます」

「江戸では、この本藤左門之亮が一切を任されておる。長らく当藩に仕えているとはいえ、身分を弁えよ」

本藤は不快を露わにして命令口調となった。

「お言葉ではございまするが、御家老……病床にある吉徳公ご自身が、藩の行方を案じておられます。お子たちもまだ幼少であられるゆえ、藩政は国家老ら重職に任せるのは当然として、万が一のときには、勝丸君やまだ赤ん坊の亀次郎君が殿様になるまでの間、〝中継ぎ〟が必要であることは異論を俟《ま》ちませぬ」

「儂もそう思うておる。だが、選りに選って、その男はあるまい」

「いえ、この者は……」

「おまえに言われなくとも、こちらでも調べておる。だが、鷹場から野良犬が咥えて逃げた話など、誰が信じようか。そもそも、鷹狩りに赤ん坊を連れていくものか」

「いえ……吉徳様は殊の外、菊之助君を可愛がっておられ……」

「馬鹿を言うな。さような戯れ言、この儂に通じると思うておるのか」

意見はもう受けつけぬとばかりに、本藤は唇を一文字に結んだ。それでも、まだ何か反論をしようとした高倉だが、言葉を飲み込んだ。そして、深い溜息をついてから、

「――父上に似てきましたな……強引で、自分だけが正しい。そういう態度でしたから、吉徳公にもあまり信頼されておりませなんだ」

「父上を愚弄するのか」

「お殿様が話しておられたことです」

「すぐに殿を引き合いに出すのは、おぬしの悪い癖だ。少々、可愛がられているからと思って、いい気になるな」

「ならば……」

高倉は喉元まで、「父上の久右衛門が菊之助を殺そうとした」と出かかったが、言えばさらに厄介になると思い、その言葉を嚙み殺した。本藤は睨みつけて、

「なんじゃ」

「いえ……何でもありません」

「では、こっちから言うが、そこな菊之助とやら」

本藤が声をかけると、菊之助は緊張した顔で振り向いた。

「おまえは、町場で擦《す》れ違う女の尻を触りまくり、しまいには嫁になってくれと言い寄る癖があるそうだな」

「ま、女好きはたしかだけど……」

「おまえのような下郎、この屋敷にいるだけでも汚らわしい。早々に立ち去れ」

有無を言わさぬとばかりに、本藤は怒鳴りつけた。さすがに、高倉が腰を浮かすと、菊之助の方が先に立ち上がり、

「妙な言いがかりをつけるじゃないかえ」

とガラリと形相が変わった。まるで旗本奴《はたもとやっこ》のような伝法《でんぽう》な口振《ぶ》りになって、ズイと一歩踏み出して、本藤に顔を近づけた。

「俺はな、おまえの親父に殺されかかったんだ。その恨み、ここで晴らしてもいいんだがよ、それじゃ只の人殺しだ。親の七光で家老に収まったんだろうが、親父の罪を子供が被《かぶ》るのも酷な話だ。その坊ちゃん根性を叩き直してやるよ」

「何の話だ」

「後で、じっくり聞かせてやらあな。それより、江戸藩邸の帳簿をぜんぶ見せて貰

おうか。きちんと検分して、おまえが着服していねえか、俺が見てやる」

「こやつ、何を言い出すかと思えば……血迷ったか」

さらに怒りを露わにする本藤は、我慢しきれぬというふうに肩を震わせた。その顔を覗き込むように、

「見せられねえのかい」

と菊之助が訊くのを、高倉も黙って見守っていた。

「どうなんだ、ご家老様よ。実は『信濃屋』は随分と、このお屋敷には建て替えやら建て増しやらで世話になったんだ。けどよ、貰った金と、払った金がズレてる疑いがある。つまり、あんたがネコババしたかもしれねえんだ」

「黙れ。貴様《きさま》のような下郎に、命じられる謂われはない」

「無礼者！　それが次なる藩主に対して言う言葉か。控えおろう！」

菊之助が朗々とした声で叱りつけると、本藤は思わず後退りした。それほど菊之助には威厳と迫力があり、高倉も思わず平伏したほどだった。あっという間に雰囲気が変わった菊之助に、本藤は驚きながら、

「――お待ち下さいまし……」

と思わず丁寧な態度になって、廊下に控えている家臣に声をかけた。

「あの者をこれへ……」

「誰じゃ」

　菊之助が訝しがるのへ、本藤は腰を屈めながら、

「おぬし……あ、いえ、菊之助様の許嫁なる女を連れて参りました。恐れながら、本人かどうかを確認しとう存じます」

　と含みのある声で言った。

　家臣に連れられてきたのは、振袖姿の桃香である。その顔を見るなり、菊之助は目をきらきらと輝かせた。

「桃香……どうして、ここへ……」

　驚きを隠せない菊之助に、桃香は座ってお辞儀をした。

「吃驚《びっくり》したのはこっちでございます。まさか、あなた様が加賀百万石の若君とは露知らず、これまでの数々の無礼、お許し下さいませ。平にお謝り致します」

　頭を下げる桃香に、本藤は訊いた。

「菊之助本人に間違いありませぬな。確かに、あなたのご存じの菊之助なのですな」

　町娘如きに丁寧な口調の本藤の態度を、菊之助は訝《いぶか》った。むろん、本藤は綾歌藩の若君と承知しているからである。桃香は当たり前のように真剣なまなざしで答えた。

「はい。間違いございません……これで私も、加賀百万石の嫁になれるのですね」

にっこり微笑みかける桃香を、菊之助は戸惑いながら見ていたが、

「――ちょ、ちょっと待てよ……『信濃屋』の若旦那は駄目だけど、百万石の殿様なら、ふたつ返事かよ。桃香、おまえ、そんな女だとは思ってもみなかった」

「あら。女はみんな、そんなものでしょ」

「だがよ、あっちの殿様はどうするんだ。ほれ、讃岐綾歌藩の若君……あいつの許嫁だから、俺との縁談を躊躇《ためら》ってるんじゃねえのかい。なあ、桃香……あ、そうか……三万石と百万石じゃ桁が違いすぎる。それで、おまえ……身分や金に目が眩《くら》んだか」

「はい、そうです」

ハッキリと答えた桃香に、菊之助は首を横に振りながら、

「そ、そんな女だったのか……」

「でも、私がお嫁になってあげるんだから、喜んで下さいな」

「いや……俺はたとえ貧乏暮らしをしてでも、じっと耐えて側にいてくれる、そんな女房を探してたんだ……」

「そんなしおらしい女なんて、今時、おりませんよ」

「いや、おまえはいつも弱い者、可哀想な者、病める者や年寄り、そういう人々に

心を寄せていた。だからこそ、弱い者虐めや悪事を働いた奴は絶対に許せず、十手《じって》持ち紛《まが》いのことをして、町中を駆け廻ってた……そんなおまえに、俺は惚れたんだ」

「違うでしょ。私が可愛いからでしょ」

桃香はからかうように言ったが、菊之助は真剣な顔のまま、

「それもあるが、一番はおまえの心根だ。純心で、人思いで、心底、優しい女……俺に言い寄ってくる女はみんな、とどのつまりは『信濃屋』の身代目当てだった。けど、おまえは違った……贅沢な暮らしなんざ目もくれねえ。ただただ俺に、人として惚れてくれた」

「惚れてませんけど」

「だけど、本日たった今、おまえとは縁を切る。こちとら、つまらねえ女に引っかかったと、アッ、諦《あきら》めらあなあ」

終いには芝居がかって、両手を振り上げて足を踏み出し、見得《みえ》を切った。

「――もういいです。私もあなたを諦める決心がつきました。では、これにて」

あっさりと桃香は背を向けて、廊下に出ていった。

そんなふたりの様子を見ていて、本藤は腹を抱えて大笑いした。

「いやいや、これは愉快じゃ……ふはは……菊之助というのは、ただの馬鹿ではな

く、大馬鹿者なんだな」

口には出さぬが、桃香が綾歌藩の〝若君〟だと思っているから、本藤は可笑しくてしょうがなかったのだ。

「何が可笑しい、本藤」

菊之助は眉間に皺を寄せて詰め寄ったが、本藤はひいひいと息を吸いながら、

「これが笑わずにおられようか……ふはは……いずれ菊之助君も、桃香の正体が分かる時がきましょう。その時こそ……ぐふふ……己の愚かさに自分で笑うでしょうぞ、あはは」

と指さしながら、笑い続けた。

「なんだ……」

首を傾げる菊之助に、高倉も訳が分からぬ顔で応じた。

「無礼ですぞ、本藤様。明後日には、この菊之助君が、吉徳公を支える正式な次期藩主として認めて貰うよう、江戸城にて上様に謁見《えっけん》する手筈《てはず》になっております」

高倉が言うと、本藤は余裕の笑みで、

「上様がお許しになると思うてか」

「それはもう……老中・若年寄たちにも根廻しをしておりますれば」

「さようか。ならば好きにすればよい。奏者番はすべてお見通しだ。おまえたちの

嘘八百をな。愉快愉快、これは見物じゃのう」

まだ腹を抱えて笑いながら、本藤は立ち去るのを、菊之助と高倉は何か曰《いわ》くがあるのかと言いたげに、見送っていた。

四

その夜、月は真っ赤に色づいていた。

加賀藩邸からさほど離れていない古刹《こさつ》に、商人姿の男たちが数人、集まってきて、顔を頷き合わせながら、山門を潜《くぐ》った。他にも三々五々、僧侶、修験者、旅芸人、職人など様々ないでたちをした者たちがいる。

本堂には金色に燦《きら》めく阿弥陀如来像があり、集まった者たちを睥睨《へいげい》しているようであった。その前で読経をしていた紫の袈裟《けさ》をまとった高僧の声が止《や》むと、一同は南無阿弥陀仏と唱えた。

集まった者たちを振り返った高僧は、ひとりひとりの顔を見廻しながら、

「よくぞ、遠路遥々《はるばる》、参られた。本来ならば、旅の疲れを労《ねぎら》いたいところだが、事は急を要する。各々方、承知しておられるな」

と嗄れ声をかけた。

一同は当然分かっていると頷き合って、高僧を見やった。いずれも身なりは貧しいが、逞《たくま》しい若者たちばかりであることが、裸蠟燭《ろうそく》に浮かび上がった。少しばかりざわついていたが、ピタリと止んだ。

本堂の奥から、ひとりの男がまるで能役者のように静かに現れたからだ。

僧侶は軽く一礼をすると、能役者のような男は一同の前に立った。その顔も能役者の如く凛《りん》としており、品格がある。ここに集まっている若者たちと同じくらいの年頃であろうか。肌艶がよく、目の力も鋭かった。

「おまえたち、この御仁《ごじん》の顔を篤《とく》と見るがよい」

高僧は穏やかな声で言った。

「名君の誉《ほま》れ高い先代藩主、綱紀公の忘れ形見、雪之丞《ゆきのじょう》君にあらせられるぞ。生き写しのように、そっくりであろう」

雪之丞と呼ばれた若者はもちろん、菊之助とは違う人物である。高僧から紹介された一同は、異口同音に驚きの声を洩らし、尊敬の念を抱いた目で雪之丞を見上げていた。

「お会いしとうございました」

「ああ、愛しい若君」

「どうか、私たちをお救い下さいませ」

「雪之丞様。あなた様だけが頼りでございます」

などと口々に嘆願めいた言葉を発した。その一同の顔はみな感激の色に染まり、中には涙ぐんでいる者もいた。

その者たちを、雪之丞は高貴な表情で眺めながら、

「――今宵はよくぞ集まってくれた。我が父、綱紀公もあの世で喜んでおられることであろう。兄の吉徳からも、くれぐれも頼むと言付かっておる。加賀藩を継ぐのはこの私だけだ。ゆめゆめ他の讒言《ざんげん》に惑わされるでないぞ」

と話した。

「おまえたちは、父が亡き後も、郷士として加賀藩領内に散らばり、在家として父の菩提を弔ってくれた。改めて礼を言う。江戸で侘《わ》び住まいをしながらも、おまえたちの志を一日たりとも忘れたことはない」

「恐れ多いお言葉……」

集まった若者のひとりが言うと、雪之丞も軽く手を挙げて、

「私は吉徳と同じ母親、つまり綱紀公の正室の息子であったが、諸般の理由があって、在野にて暮らしておった。その理由の主なものは、加賀藩主一族を根絶やしにされないがための方策である」

と声を強めた。

「しかし、みなが知ってのとおり、加賀藩内は未曾有の凶作や疫病に悩まされており、百万石の威光も薄れつつある。しかし、幕府の方はといえば、未だに我が藩に対して饗応を求めてきており、藩の財政は否が応でも逼迫《ひっぱく》しつつある。これは殿のせいか、領民のせいか。いや違う。幕府の無理難題が、我が藩を窮地に陥《おとしい》れているのだ」

「はい」

「だが、誤解をするな。私は徳川幕府を恨んでいるわけではない。家臣や領民を煽《あお》って、謀反《むほん》を起こす気も更々ない。だが、いつかは、おまえたちの我が藩への忠節に報いなければならぬ時が来る。そう思っていた。そして今……その時が来たのだ」

そう断じた雪之丞の顔を、一同は憧れの目で見上げている。

「今宵《こよい》、蓮浄《れんじょう》和尚のお導きによって、ここにおまえたちを集めたのは、事を成す同志を募《つの》るためであり、世直しをするためである」

「世直し……！」

誰かが声を洩《も》らした。

「さよう。だが、繰り返すが御公儀への謀反ではない。あくまでも加賀金沢藩を正しく良い国にするためだ」

雪之丞はさらに強い口調になって、

「よいか皆の衆。今、私の偽者が現れて、殿を亡き者にして後、藩主に収まろうとしている。事もあろうに、町人を我が父上の落胤に仕立て上げ、藩を我が物にしようとしている輩がおる」

「誰ですか、それは！」

若者の中から声が上がると、雪之丞はもう一度、一同を見廻しながら、

「江戸留守居役の高倉典膳だ」

と断じた。

若い衆たちからは義憤に駆られる声が上がったが、雪之丞はあえて制した。

「我が藩には、その昔、加賀一向一揆《いっこういっき》と呼ばれる異変が起こった。事の初めは、おまえたちも信望している蓮如《れんにょ》上人を守るべきだった守護が、弾圧に転じたことだった。その後、足利《あしかが》、上杉《うえすぎ》、浅井《あさい》、朝倉《あさくら》、織田《おだ》などによって、戦国の世を通して信者は苦しめられたが、事態を収めたのが、我が前田利家公だ。私は今こそ、藩祖の理想の仏国王土にするべく、立ち上がらねばなるまい」

「おう！」

一斉に若い衆たちは声を上げた。

雪之丞は本堂に響き渡るその声を聞きながら、さらに強い口調で言った。

「父の代から、隠忍自重してきた我らだからこそ、裏切り者を処刑し、加賀の国を守ることができるのだ」

「雪之丞君！　我らの命、あなたのために、すべて投げ出しましょうぞ！」

熱気に満ちた視線を受けて、雪之丞は満足げに何度も頷くのであった。

そんな様子を——裏堂から、四井弓馬もほくそ笑みながら見ていた。

江戸城の将軍御座《ござ》之間には、裃姿の菊之助が茶坊主に案内されてきていた。一之間から三之間まであるが、菊之助は最も下座の三之間に控えていた。

二之間には、老中や若年寄の重臣が数名と、一之間の将軍陪席に当たる所に、真剣な面持ちの桃太郎君が座していた。

さすがに菊之助も全身が緊張していたが、どこか居直ったような図太い顔でもある。それでも、物音ひとつしない広々とした座敷では、衣擦《きぬず》れの音がしても耳障《みみざわ》りなほどであった。

菊之助は緊張のあまり、プッと屁《へ》が出たが、誰ひとり笑わなかった。そういうことはよくある出来事なのかもしれぬ。

すると老中の酒井肥後守《さかいひごのかみ》がチラリと振り向いて、

「生きた心地がせぬでありましょう。こういう場ですからな、屋敷にて〝すかしっ屁〟の練習をしてきて下され」

と真顔で言った。

ハハアと菊之助は答えるしかなかったが、一応は加賀百万石の次期藩主になるかもしれぬということで、登城してきている。つまりは前田吉徳の代参同然であるから、誰も非礼な態度は取らなかった。

御簾の奥に、小姓に導かれて将軍・徳川吉宗《よしむね》が来る気配がした。

同時に、廊下側からは、側用人《そばようにん》の加納久通《かのうひさみち》が入ってきた。吉宗が紀州藩主の頃からの側近で、還暦近い年でありながら、如何にも武人らしく背筋がキリッと伸びた偉丈夫であった。

加納は控えている桃太郎君に対して、小さく頷いた。すぐさま、

「これより、加賀金沢藩藩主代理、前田菊之助様、将軍徳川吉宗公謁見の儀を始めたいと存じまする。それがし、奏者番補佐・松平《まつだいら》桃太郎にて候。今般の大役、謹《つつし》んでおわしまして候儀《そうろうぎ》、若輩にてお見苦しきことまずはご寛容のことお頼み申し上げ、恙《つつが》なく執《と》りおこないまするので、宜しくお願い申し上げまする」

舌を嚙みそうな文言をすらすらと喋った桃太郎君を、菊之助は吃驚して見やった。

一度、讃岐綾歌藩の屋敷で会ったことはあるが、緊張のせいか忘れていた。もっとも、菊之助の場所からはよく見えず、そこにいるのが、桃太郎とも奏者番とも気

づいてすらいなかった。

「前田菊之助様、これへ」

桃太郎君が誘うように声をかけると、菊之助は思わず、腰を上げて二之間に行こうとした。だが、すぐに酒井が止めて、

「前に出るのは格好だけでよろしい。その場にて、挨拶をするだけで結構でござる」

と声をかけた。

「――は、ハハア……」

菊之助が平伏するのが合図のように、御簾《みす》がスルスルと上がった。

そこには、大柄で気品と知性が溢《あふ》れる吉宗が鎮座していた。

「面《おもて》を上げよ」

吉宗の声がかかると、菊之助は恐る恐る上目遣いになった。すぐさま酒井が、

「今度は素直に、顔を見せてよろしい」

と声をかけた。

菊之助はゆっくりと上体を起こして、吉宗を見た。その偉容に思わず息を呑んでしまった菊之助だったが、さすがに緊張が広がっていったのか、顔が少し青くなった。

謁見する大名は自ら名乗りはしない。奏者番がすべて紹介するのである。これは直《じか》に話すことはなく、奏者番を通して意志を交わすということである。将軍と諸大名は、封建制度の中にあっては、建前は諸国を預けているということだが、主君と家臣に等しい。その格差を知らしめるための慣習だった。

桃太郎は、菊之助のことを吉宗に紹介し、次期藩主になる人物だということを伝えた。その出自や『信濃屋』の子として育てられていたことも伝えると、吉宗は興味深そうに直接、声をかけた。

「――では、菊之助殿は、先代藩主の綱紀殿の側室の子ということだな」

「は、はい……しかも、長年、私には知らされておりませんでした」

「うむ。余も端女《はしため》の子だと蔑まれ、部屋住みが長かった。おぬしの気持ち、よく分かる。今後とも励むがよい」

吉宗にそう言われて、菊之助は改めて平伏してから、

「そのお言葉は、私めを加賀金沢藩の次の藩主として、お認め下さるということでございましょうか」

と訊いた。

だが、吉宗は答えなかった。すぐに桃太郎君が口を挟《はさ》んで、

「上様に、直に話しかけるのは、お止め下され」

と厳しい声で制した。

たとえ同じことを繰り返しても、伝言のように伝えるのだ。だが、菊之助は今しがた、直に話しかけられたので、つい話しかけてしまったのである。

「も、申し訳ございませぬ」

菊之助は型どおりに謝ったが、正式に認めて貰わねば、登城の意味がなかった。

菊之助は桃太郎君に向かって、

「是非にお願い申し上げます。私を次期藩主とお認め下さいますよう」

と言った。

桃太郎君はそれを吉宗に伝えると、吉宗はもごもごと返した。桃太郎君はすぐに、菊之助に向き直って話して聞かせた。

「今日は初対面のことゆえ、また改めて正式に伝えるとのことです」

「そ、そんな……急がねばなりませぬ。兄上は病床にあり、万が一のときには、御家騒動が起こります。恥を忍んで藩の内情をお話し致しますが、江戸家老の本藤左門之亮という者が、何やら画策をしております。そして、私を亡《な》き者にしようと企んでおるのです」

「さような話をするでない」

桃太郎君は険しい声で、菊之助を睨みつけた。離れているが耳の奥に響いた。

さらに、幕閣たちの批判めいた強い視線を感じた。それでも菊之助は両手をついて、懸命に訴えた。

「私は所詮は商人です。ですが、この目でしっかりと加賀藩の財政を見てみました。江戸屋敷だけのものではありませぬ。加賀藩全体のものも、江戸留守居役の高倉典膳の尽力により精査することができました」

「何の話をしておるのだ」

酒井をはじめ幕閣たちも俄に騒然となったが、菊之助は平身低頭のまま続けた。

「我が藩では元禄の治世より今まで、本郷の上屋敷にて幾度となく、贅沢《ぜいたく》三昧の饗応がなされてきました。上様の代になっても、その饗応はあまり変わっておりませぬ。質素倹約を旨とする上様のお考えとは正反対でございます」

「お止めなされ」

強い口調で酒井は制したが、それでも意地になったように菊之助は申し上げた。

「加賀藩が徳川家と深い関わりあることは、百も承知しております。ですが、加賀藩領内は幾多の飢饉《ききん》が重なり、厳しい状況であるとのことです。このままでは領民が塗炭《とたん》の苦しみに喘《あえ》いでしまいます」

「黙れというに」

「どうか、どうか。何卒、上様のご高配により、せめて加賀藩上屋敷への無理難題は、お控え下さいますよう、平に平にお願い申し上げ奉《たてまつ》りまする」

「控えろ、下郎！」

堪らず立ち上がった酒井は、厳しい顔になって怒鳴りつけた。

「黙って聞いておれば、ここを何処だと思うておる。恐れ多くも……」

「上様だからこそ、嘆願しておるのでございます。かようなことを、江戸留守居役の高倉が上様に直訴できましょうや」

「ええい。いい加減にせい」

今にも脇差しで斬りかからん勢いで、酒井は菊之助の前に立った。

「貴様は、こんなことを言うために、江戸城まで上がってきのか。恥を知れ」

「いいえ。江戸留守居役の高倉は、何度も何度も、酒井様……あなたに実情をお伝えし、贅沢な饗応は止めて下さるよう、お願いしたはずです。ですが、これは徳川家と前田家の深い絆の証《あかし》。止めるわけにはいかぬ……そう言って当藩の屋敷に来て、どんちゃん騒ぎをしているのは、酒井様、あなたご自身ではありませぬかッ」

菊之助は思いの丈《たけ》をぶちまけた。酒井は顔を真っ赤にして、

「ば、馬鹿なことを言うな。下郎」

「――一度ならず二度までも、下郎とおっしゃいましたね。私はこれでも、前田綱紀公の息子でございます。産んだのが側室であろうと、端女であろうと、正真正銘

の息子。生まれたときに記されていた黒子《ほくろ》や痣、綱紀公から戴いた御守刀《おまもりがたな》や証文まで、『信濃屋』に残っております」

「……」

「酒井様。あなたは高倉の訴えをすべて揉み消したのみならず、江戸家老の本藤から、年に何百両もの賄《まいない》を受け取っているではありませぬか。あなたの藩はわずか五万石の小藩。財政が苦しいのは分かりますが、老中の立場を利用したあなたに、加賀藩は食い物にされていたのです」

「ええい。よくも出鱈目ばかりをッ」

思わず酒井は脇差しに手をかけたが、一之間から、

「それまで！」

と桃太郎君が鋭く声をかけた。

「――なるほど。菊之助君、そこもとは、そのことを伝えんがために、藩主の代理として、ここまで参ったのですな」

「そ、そうでございます……」

言いたいことを吐露して、菊之助は今更ながら、震え始めた。

すると吉宗が自ら声をかけた。

「相分かった。それが事実かどうかは、余が改めて調べるゆえ、下がるがよい」

「は……ハハア。失礼をば致しましたでございまする」

恐縮して畳に額《ひたい》を擦《す》りつける菊之助だが、耐えきれずに酒井が言った。

「上様。かような者の話を信じてはなりませぬ。こやつは、そもそも何処の馬の……」

吉宗と目が合ったので、酒井は言葉を慎んで、

「それが、なんじゃ」

「とにかく、桃香という怪しげな女とも、仲睦《なかむつ》まじくしていた節があるのです」

吉宗が問い返すと、酒井はここぞとばかりに訴えた。

「とにかく、信じるに足らぬ輩です……そうでございましょう、松平桃太郎君」

酒井は嫌らしい目つきを投げかけて、

「人には決して言えぬことが、ありましょう……たとえば、女装癖があるとか……そして、町娘に扮して、この菊之助なる者に近づいて、何やら探っていた……もしかして、あなたがたふたりはグルですかな」

「……」

「お答えになれないでしょう。自分の恥を晒《さら》すことになりますからな。さすれば、あなたの奏者番の話も立ち消えになりますよ」

まるで脅すような口振りの酒井に、桃太郎君が返した。

「はい。私は女装するのが大好きです。そして、その菊之助に近づいて、からかっておりました。だからこそ、此度の一件も分かったのです。その菊之助がまこと、加賀藩の流れを汲む者であることも」

「えっ……なんだ……」

今度は、菊之助が何事だと、酒井と桃太郎君を見比べていた。

「ほほう……居直るのですかな、桃太郎君。上様の御前でございますぞ」

「上様はずっと前からご存じです。私が子供の頃から、女の真似をするのが大好きなことを。それがいけませんか」

桃太郎君が平然と言ってのけると、酒井は不愉快だという面構《つらがま》えになった。が、菊之助は不思議そうな顔でまじまじと、桃太郎君を凝視しながら呟いた。

「――どういうことだい……なに、桃香は、若君が女の振りをしてたってこと……ええ。嘘……だって、俺は……ええっ？」

「何を悩んでるのです、菊之助殿。あなたはキッパリと桃香を袖にしたではないですか。違いますかな」

「えっ……なんだ、どういうことだ……」

「百万石の殿様になった途端、桃香を袖にしたではないですか」

「いや、違う。そうではなくて……あれは、あいつが、その、金に目が眩んで……

いや、そうじゃない……桃香って誰だ」

菊之助は俄に不安に駆られたが、

「下がってよいぞ」

と吉宗が言ったのが合図で、茶坊主が迎えに来た。そして、その場から半ば強引に、菊之助は連れ去られるのであった。

酒井は憎々しげに頬を歪めて、菊之助が立ち去る姿を睨みつけていた。

五

菊之助が下城した門前に、高倉たち家臣が迎えに来た。

だが、江戸上屋敷には本藤の手の者がおり、四井弓馬ら忍びも控えているから、命を狙われるかもしれぬ。ゆえに、高倉が懇意にしている水戸家中屋敷に、逗留させていた。

梟《ふくろう》が不気味に鳴いている。加賀藩上屋敷に隣接しているが、お互い高い塀に囲まれていて、忍び返しなどもついている。

「何だか、薄気味悪いな……人はいるのか、ここ……」

不安げに菊之助が言うと、傍らに控えている高倉は気遣うように、

「ご安心下さいませ。水戸家の家老、中山信昌様、そのお父上とはもう何十年来のお付き合いでしてな、水戸家には、今日、登城したことも伝えております」

「そうなのか……高倉、おまえは立派な家臣なのだな」

「で、菊之助君。上様には話が通じたのでしょうか」

「もちろんだ。酒井様は明らかに動揺していたし、上様も驚いた様子だった」

「証拠の裏帳簿などは水戸様にも渡しております。ですが、御三家は幕政には直に関わらないことになっておりますので、私の訴えも、老中の酒井様のところで止まっていたに相違ありません」

「生きた心地がしなかったぞ」

「申し訳ありません……もしかしたら、老中の手の者が襲ってこないとも限りませぬ。本藤と繋がっているのですからな」

用心には用心をと、高倉は警戒していたのだ。

「それにしても、桃香が、あの若君が女装していたとは……いやいや、上様の御前であったし、何か取り繕っていたような節もあるし……桃香は本藤に操られていたようだったし……どうも、あの女のことが、よく分からぬようになった」

「菊之助様……愛しい女への恋慕は分かりますが、もはやお立場があります。相手が誰であれ、お忘れ下さい」

情けない声で、菊之助が唸《うな》ったとき、屋敷の外で、突如、大勢の声で「南無阿弥陀仏、南無阿弥陀仏、南無阿弥陀仏」と合唱が始まった。菊之助は驚いたが、高倉にはすぐに本藤の手懐けた郷士らだと分かった。

「なんだ……」

声はさらに大きくなり、何百という群衆が集まったような、恐怖すら感じるような怒声へと変わっていった。

「大丈夫です、菊之助君。ここは水戸屋敷。不逞《ふてい》の輩が入ることはできませぬ。たとえ本藤であっても」

高倉はそう慰めたが、表門が軋《きし》んで開く音がして、ワアッと大声を発しながら屋敷内に押し入ってくる気配がした。

「?!——なに……」

驚愕した高倉が障子扉を開くと、家臣たちが十数人、菊之助を守るために廊下に身構えて立っていた。が、中庭にはすでにその数倍と思われる人数の郷士や忍びが乗り込んできていた。

その先頭に立っているのは、四井弓馬であった。黒羽織の中には、鎖帷子《くさりかたびら》を着込んでいる。まさに暗殺に訪れた意気込みだった。

「うむ。でもな……」

「弓馬……ご先祖様に顔向けができるのか……本藤に躍《おど》らされていることに、まだ気づかないのか」

「ふん。片腹痛い。高倉様こそ、己が過ちに気づいて下され」

「儂の何が間違いだというのだ」

「すべてです。その菊之助が仮に殿の弟君だとしても、とうの昔に棄てられた側室の子。それに比べて、雪之丞君は正真正銘、正室の子であり、吉徳様の実の弟君でございます」

「雪之丞……誰だ、それは」

知らぬと高倉は首を横に振ると、弓馬が傍らに寄った。すると、郷士たちの一団の奥から、ゆっくりと甲冑《かっちゅう》を纏《まと》った若侍が踏み出てきた。

弓馬は控えながらも、高倉に言った。

「この御仁が、雪之丞様だ。おまえがそこな身許も知れぬ輩を担ぎ出して、藩を乗っ取ろうとするのを阻止するため、義憤に駆られこうして立ち上がってくださったのだ」

「なに……」

驚きの目を向ける高倉に、雪之丞はズイと歩み出て、

「この雪之丞。獅子身中《しししんちゅう》の虫を成敗しに参った。覚悟するがよい」

「――雪之丞……もしや……」

高倉は思い出したのか、甲冑姿の若侍を凝視して、

「雪之丞がこの世にいるはずがない」

「いや、ここにいる。御家騒動を避けるため、兄上の吉徳様が藩主である限りは、日陰の身として生きてきたのだ」

「聞いたことのない話だ。出鱈目を言うな」

「おまえ如きに話すはずもなかろう。綱紀公も兄上も、実に慎重なお人なのだ。家中にも裏切り者は出る。それゆえ、万が一の時のために、私を伏兵として置いておいたのだ」

「ふざけるでない。菊之助はまこと、綱紀公の御落胤だ」

「それは認めてやろう。犬の話もな。だが、その前に私がいる。長幼の序を守らぬのなら、この私がおぬしを成敗するしかない」

「……」

「この水戸家中屋敷は、おまえたちを捕らえるために、わざと空けて貰っていたのだ。高倉……おまえよりも、本藤様の方が水戸家と昵懇《じっこん》であることを忘れたか」

雪之丞の言動にはまったく揺るぎがなかった。だが、高倉も負けてはいない。

「何と言われようと、本藤様が老中の酒井様を饗応し、賄を渡していたのは事実。

到底、許し難いことだ」

「そのお陰で、藩の財政が傾いたというのは、おまえの言いがかりだ。逆に、金沢城下は潤っておる。公儀との強い繋がりゆえな。佐渡の金山から産出する、長崎交易のための金の延べ棒も金沢にて作られておる。賄が悪いと言うが、それは必要悪だ」

「なんだと……」

「おまえは清廉潔白の士と言いたいのだろうが、叩けば埃《ほこり》くらい出るであろう……さあ、大人しく引き下がれば、命だけは助けてやる。江戸留守居役を辞して、何処なりとも行くがよかろう」

「……」

「そして、そこな菊之助とやら。おまえも大人しく『信濃屋』に帰れ。高倉に踊らされた木偶《でく》の坊《ぼう》だと諦めて、これまでどおり材木商を続ければよかろう。これが、私の慈悲である」

余裕の笑みで、雪之丞は命じたが、高倉は険しい表情のまま、

「何と言われようと、おまえは断じて、雪之丞君ではない」

と決然と言った。

「なぜならば……当時、ご側室の預玄院様は江戸屋敷においでになり、雪之丞君は

死産。丁重に菩提寺にて葬《とむら》ったのは、この私だ。儚《はかな》い命だったゆえ、雪之丞と名付けられたが、限られた者たちしか知らぬことだ」

「……」

「後々、かような事件が起きぬよう、雪之丞という名を伏せていた。本藤様のお父上が書き残していたのかもしれぬが、残念ながら、雪之丞君はこの世におらぬ」

高倉は廊下に踏み出ると、中庭に集まっている郷士たちを見廻しながら、

「おまえたちも、おそらく郷士から加賀藩の士分に取り立てると、本藤の口車に載せられたのであろう」

と言うと、図星だったのか、郷士たちはギクッと体を震わせた。

「雪之丞とやら。おまえこそ、本当は何者だ」

「なんだと」

「虚勢を張って、藩主の弟を気取っておるが、氏より育ちといって、如何に育てられてきたかも、わずかな言動に出るというもの」

「……」

「まことの武芸者ならば、そのような棒立ちはせず、手首もだらりとはせぬ。何より武芸なんぞしたことのない面構えだし、剣胼胝《けんだこ》のひとつもないのは、この闇夜でも分かる」

「貴様。愚弄するのか……ええい。こやつは、次なる藩主の私を見くびった。目にものを見せてやれ！」

半ばやけくそのように叫んだ雪之丞に従って、高倉に襲いかかってきたのは、弓馬ら忍びの者たちばかりであった。高倉は刀を抜かないまま、敵から打ち込んでくる忍び刀や手裏剣を躱し、華麗なる柔術で投げ倒し、鋭い拳骨《げんこつ》を打ちつけた。

菊之助は驚いて見ていた。とても還暦過ぎの老体の動きには思えず、素早く鋭い華麗な仕業だった。高倉の受け、打ち、払い、摑み手などが鮮やかで、手返しや四方投げも、まるで仕舞《しまい》の如く流れるようだった。

殺気を漲《みなぎ》らせて殺到する忍びの群れを迎え打つ高倉だが、それでも多勢に無勢、家来たちも善戦していたが、次第に追い詰められてきた。しかし、郷士たちの中で刃向かってくるのはわずかで、多くの者たちは、

――自分たちは騙されたのではないか。

と懐疑的な表情で見ていた。

菊之助は目の前の侍同士の激しい斬り合いに、腰が抜けそうだった。這うように次の間に逃げる菊之助の前に、ひらりと跳んできた弓馬が立った。

「おまえが生きておると、ややこしいのでな。死んで貰う」

容赦なく忍び刀を斬り下ろしてきたが、寸前、高倉が駆け寄ってきながら抜刀し、

一刀のもとに弓馬を斬った。その太刀《たち》捌《さば》きは、見事という他なかった。

弓馬はまるで唐竹のように、斬られた体がまっぷたつにずれて倒れた。胴体が分かれながらも、まだ生きている弓馬の目はカッと見開いたまま動いている。意識がはっきりしているのか、無念そうに呟いていた。

その様子を目の当たりにした忍びたちは、驚愕して飛び退った。郷士たちは息を呑んで見ていたが、高倉の類《たぐ》い希《まれ》な豪剣を見せつけられ、逃げ出す者もいた。

高倉はまったく息が切れておらず、目つきも平常心そのものである。だが、雪之丞を振り返った眼光には、鋭さが宿っている。

「——ま、待ってくれ……」

雪之丞は諸手を挙げて、惨めなほど情けない声で命乞いをした。

「違うんだ……俺は何も知らない……金で雇われただけだ……一芝居すれば百両の大金をくれると、た、頼まれたんだ。俺は、ただの旅芸人、役者だ。本当だ……それなりに上手かっただろ」

「誰に頼まれた」

「そりゃ、御家老様だ……本藤左門之亮様だ……俺は芝居をしただけだ……こ、殺さないでくれ……殺さないで下さい」

頭を抱え込んで、雪之丞はその場にうつ伏せた。それを見た郷士たちは、憤懣やるかたない顔になったが、自分たちも忸怩《じくじ》たる思いがあったのであろう。ほとんどの者たちは、羞恥心を嚙み殺すように立ち去った。

高倉は無言のまま、一太刀、雪之丞に浴びせた。

「ひゃあ——！」

情けない声で叫んだが、身につけていた甲冑が音もなく割れた。

そこに、幕府の番方たちが数十人、駆け込んできた。吉宗が遣《つか》わしたのだが、すでに騒動は終わっていた。

六

本所菊川《きくかわ》町にある讃岐綾歌藩の屋敷では、城之内左膳《じょうのうちさぜん》があたふたと廊下を走り廻って、桃太郎君を探していた。

「何処においでじゃ、若君は……まったく、すぐにいなくなるのだから、もう」

苛々と駆けていてツルリと滑って転んだ。

「あたたた……」

手を突いて立ち上がろうとすると、そこには久枝《ひさえ》がいて、手を差し伸べてきた。

城之内は何の躊躇もなく腕を出して、

「これは済まぬなあ、久枝殿……」

としっかり握った。

「御家老。そんなに体を酷使していますと、心の臓にも良くありませんよ。何かあったら困るのは若君よりも、私でございます」

「えっ……そうなのか……」

照れくさがりながら、城之内は立ち上がったが、

「いやいや。久枝殿もそんなふうに、儂を籠絡《ろうらく》しようとしているであろう。若君は何処に参ったのじゃ。すぐにでも連れ戻さねば、えらいことになる」

と血相を変えている。

「如何《いかが》致しました」

「聞いて驚くな、久枝殿。実はな、加賀百万石の殿様が、挨拶に来られると先触《さきぶ》れが参ったのじゃ。加賀百万石だぞ、百万石」

「こちらから出向くのではなく、先様からいらっしゃると」

「さよう。どうすればよいかのう……百万石だぞ、百万石」

そわそわしながら落ち着きがない城之内に、久枝は落ち着くように進言した。

「石高《こくだか》は違えど、同じ大名ではありませぬか。しかも、こちらは徳川家親藩でございますから、堂々としていらっしゃいませ」

「いやいや、格が違いすぎる。それにしても困った。加賀藩のお殿様を接待する部屋なんぞ、我が屋敷にはない」

「でも、どうして、ご挨拶に……」

「上様にお引き合わせした御礼だとか。桃太郎君の仲介によって、恙なく事が運んだらしくてな。儂も詳しくは知らぬが、その礼を述べたいとのことだ」

緊張して震えるように言う城之内に、久枝を苦笑して見ていた。

その時、屋敷の門外に黒塗りの駕籠が停まり、「お頼み申そう」と声がかかった。玄関から見ていた城之内の目に、駕籠の家紋が飛び込んできた。梅鉢紋——まさしく加賀前田家のものである。

「あ、ああ……もう来てしまったのか……」

前のめりに倒れるかのように、城之内は駆け下りて、慌てて門まで出ていった。屋敷の前の通りが、家臣群で溢れんばかりである。城之内は門の内側で正座をして両手をつくと、「ハハア」と頭を下げた。

門の外には、高倉が近づいてきて、

「城之内様でございまするな。さようなご挨拶は結構でございます。本来なら、もっと早く来なければならぬところ、少しゴタゴタがありましてな、遅くなって申し訳ござらぬ」

「と、と……とんでもございませぬ……」

「では、殿直々にご挨拶をしとうございますので、宜しくお願い致します。殿といっても、代理でござる。余計な気遣いは、結構でございますよ」

「は、は、ハハア！」

なんとか立ち上がった城之内は、ふらふらと玄関に舞い戻り、加賀藩の殿様を迎えるための毛氈《もうせん》などを敷かせて、丁重《ていちょう》に招いた。

裃姿の綾歌藩の家臣たちも、ずらりと出迎えた。

武家駕籠から出てきた菊之助は、如何にも若君らしい凜とした姿と態度で、ゆっくりと玄関に向かった。

その間、城之内はずっと顔を見ないように配慮し、奥へ案内した。加賀藩の家臣も高倉を含めて数人、随行したが、城之内は緊張し通しであった。

「こ、こちらで……ごじゃます」

震えて舌を噛んでしまった。ふだんの偉そうな城之内とまったく違うので、家臣たちも笑いを堪《こら》えるのに必死だった。

奥座敷の上座に招かれた菊之助は、すっかり若君に慣れた態度で、

「邪魔をするぞ」

と言った。

「城之内とやら。さよう畏《かしこ》まらずともよい。知らぬ仲ではないではないか」

菊之助が声をかけると、城之内はエッとなって恐る恐る顔を上げた。だが、俄には、『信濃屋』の菊之助だとは分からなかった。

「この屋敷には何度か訪ねてきた。いつも、おぬしには丁重に扱われた」

「えっ……何かのお間違いでは……」

「この顔に覚えはないか。篤《とく》と見るがよい」

「あ、いえ……」

首を傾げていた城之内は仰け反って、後ろに倒れそうになった。

「おまえは、菊之助……なんだ、おまえか。何をふざけておるのだ。これは何の真似事だ、おい。金持ちだからって、やってよいことと悪いことがあるぞ」

「おぬしこそ、言うてよいことと悪いことがあるぞ」

菊之助は余裕の笑みで言った。

「もしかして、桃太郎君はおぬしに何も伝えておらぬのか」

「な、何をじゃ……」

城之内はふざけるなとばかりに、感情を露わにして、

「人を馬鹿にするのもいい加減にせい」

と声を強めた。

するると、傍らに座っていた高倉が穏やかだが真摯な態度で、

「驚かれるのも無理はございませぬ、城之内殿。どうやら、まだ桃太郎君は、貴殿にお話しなさってないようですので、私が申し述べまするが、実は……」

斯々然々《かくかくしかじか》と事情を説明して、

「よって、『信濃屋』は従兄弟に当たる人が継ぎ、菊之助君は前田家に」

さらに吃驚仰天した城之内は、何と答えてよいのか分からず、ポカンと口を開けていた。高倉はさらに此度の事情を付け加えた。偽者の藩主の弟を〝錦《にしき》の御旗《みはた》〟のように掲げて、藩の乗っ取りを謀ろうとした事件のことだ。

「その首謀者である江戸家老・本藤左門之亮は直ちに国元に送り返されましたが、その途中で自ら腹を切って詫びたと報せがきました。ですが、知らずに加担した郷士たちは罪に問わず、国家老がきちんと応分の処遇をして、中には藩士として取り立てた者もおります」

「さ、さような大事件がございましたか……」

「はい。それをキチンと裁いたのが、菊之助君でして、そのために裏で立ち廻ってくれたのが、桃太郎君でございます」

「うちの若君が……」

「はい。江戸城中、上様の前で、老中の酒井様と本藤が裏で通じていたことを暴き、

さらには加賀藩の恥にならぬよう、内密に処分をして戴きました。まさに、奏者番らしい見事なお裁きだと、感服した次第でございます」

高倉が深々と頭を下げると、城之内の方が緊張のあまり床にゴツンと額を打ちつけた。その様子が滑稽で、菊之助は笑ったが、城之内は複雑な面持ちで黙っていた。

「のう、城之内……」

呼び捨てにした菊之助は、桃太郎君に会いたいと申し出た。

「あ、いや、それが……今、その……」

「屋敷におらぬのか」

「は、はい……」

「私が来ると承知しておるのにか」

「いえ、そうではなく……ええと、その……」

答えに窮していると、菊之助の方から意地悪げな言い草で、

「町娘に扮して、気儘に町場で遊んでいるのかな」

「えっ……」

「隠さずともよい。桃香が、若君の女装した姿だったとはな。私も不覚だった」

「――はあ？」

城之内は首を傾げたが、誤解しているとピンときて、

「あ、ああ……そ、そうです……そういう性癖がございまして……」

と答えた。

「おまえも人が悪いのう……ずっと私をからかって楽しんでおったのか。こっちが真剣に惚れる様子を見て、馬鹿にして大笑いしてたのだろうな」

「いえ、そのようなことは……」

菊之助が怒るのだと思って、城之内は首を竦めた。が、菊之助は苦笑するだけで、

「だが、これで私も諦めがついた……夢、幻を見ていたのだと、な」

「……」

「実に、いい女っぷりだった……しかし、今にして思えば、桃太郎君はこの屋敷で窮屈で仕方なく、ああして羽目を外していたのであろうな。ああ、分かるとも……今の私がそうだ。若君とは端で見るのと、なってみるのとでは大違い。まるで、綱に繋がれた飼い犬の気分だ」

「は、はあ……」

「しかしな。この窮屈さは、庶民に比べれば取るに足らぬこと。藩主の身分とは、領民に飼われている犬と思えば、その者たちにこそ忠誠を尽くし、良き政事をせねばならぬと、改めて思うた。さよう、私の不自由は、人々の自由のためじゃ」

持論を勝手に述べると、菊之助は満足そうにワッハッハと大笑いした。城之内は

少々、呆れて見ていたが、心の何処かにまだ、

——これは三文芝居か。

という思いもあった。きっと担がれていて、桃太郎君が襖《ふすま》の隙間から見ているのではないかとすら、思えてきた。

だが、桃太郎君が現れることはなかった。

「のう、城之内……いつぞや、渡していた五千両。桃太郎君に好きに使えと伝えてくれ。遠慮はいらぬ。私の嫁になれば十万両、差し上げる。もし嫁にならぬときは、その五千両で始末をつけると、約束したはずだからな」

「いえ、それでは、あまりに……」

「よいよい。俺は百万石の跡継ぎになったのだ。祝儀代わりじゃ」

気前よく菊之助は言って、おもむろに立ち上がった。

「最後に桃太郎君の顔を見たかったが、却《かえ》って会わない方がよかった」

「えっ、さようですか……」

「うむ。瞼《まぶた》を閉じれば、麗《うるわ》しい桃香の笑顔が浮かんでくる……それもまた一興《いっきょう》よのう」

菊之助は納得したように頷くと、「帰る」と言って、高倉に先導させた。

それでも、まだ城之内には、目の前で行われていることを、心の底から、受け容

れることはできなかった。菊之助が歌舞伎《かぶき》役者のように六方《ろっぽう》を踏むように立ち去るのを、城之内は平伏で見送っていた。

その頃――。

いつもの町娘姿の桃香は、堺町《さかいちょう》の芝居小屋で歌舞伎を観《み》ていた。

丁度《ちょうど》、『勧進帳《かんじんちょう》』の弁慶《べんけい》が〝飛び六方〟を踏んでいるところであった。六方とは、〝荒事《あらごと》〟の役が、荒々しく力強く見得を切りながら、花道を立ち去るときの演技だ。他にも、豪快な〝狐六方〟や、上半身は盗賊らしくて足は遊女という〝傾城六方《けいせいろっぽう》〟などがある。

桃香は桟敷《さじき》席から振袖を振りながら、

「よよ！　成田屋《なりたや》！　いい男！」

と声をかけていた。

あまりにも威勢の良い掛け声なので、近くで見ていた若い男が、

「姉さん。威勢がいいねえ。その凛とした透き通った声の方に、惚れ惚れするぜ」

と近づいてきた。

振り返ると、なかなかの色男ではないか。それこそ歌舞伎役者のような二枚目の風貌で、旗本の若君風のいでたちである。

一瞬にして、桃香の目がキラリと輝いた。

「もしかして、どこぞのお武家の若様であらせられまするか」

「分かりますか」

「ええ。同じような匂いがしたもので」

「同じような……？」

「いえ、こっちの話です。私としたことが、大向うなんて、はしたなかったですね」

もじもじとする桃香に、若侍は人の良さそうな笑みを浮かべて、

「それがしこそ田舎者で、初めて江戸に来たばかりなのです。よろしければ、芝居の後に、江戸見物の案内をして下さいませぬか」

と誘ってきた。

「えっ……それって、もしかして……あら、どういたしましょう……」

桃香は恥じらって笑いながらも、素直に頷くのであった。百万石の若君になった菊之助のような野暮くささはなく、洗練された物言いや立ち居振る舞いに、桃香はコロリと惹《ひ》かれたのであった。

芝居小屋の表に出ると、まだ日は燦々《さんさん》と輝いていた。背丈がすらっとして、頼もしい感じがする。桃香はなんだか心が軽くなって、浮き浮きしていた。

そこへ、数人の侍が駆けつけてきた。どこかの家中の者であることは分かる。だ

が、城之内たち綾歌藩の者ではない。

「かような所におりましたか。駄目ですぞ、勝手に屋敷を出てはなりませぬ」

「あ、いえ……私は……」

桃香はとっさに言い返した。まだ正式に決まっていないとはいえ、此度の一件もあり、将軍直々に奏者番に命じられたからだ。

「目を放すと、すぐこうです。お立場をお弁え下さいませ。さあ、御家老も心配なさってます。さあ、帰りますぞ、姫君」

先頭の年配の侍がそう言いながら、若侍の手を握った。

「えっ……」

と見る桃香に、年配の侍が軽く頭を下げ、

「男装の癖があってな。困った姫君なのじゃ。悪気はない。許せよ、娘」

「女……」

「さよう。迷惑をかけた」

若侍は俄に女の態度になって、

「いやじゃ、いやじゃ。私は屋敷にじっとしているのが、いやなのじゃ」

と地面にしゃがみ込んだ。

「帰りとうない。もう少し遊びたい。いやじゃ、いやじゃ」

「なりませぬ、姫君」

家中の侍たちは、駄々を捏ねる姫君を取り囲み、強引に連れ去るのであった。

「――あら。世の中には、色んな人がいるんだね……」

桃香はせっかく〝いい男〟と出会えたと思ったのに、心底、がっかりとなった。

だが、江戸の空は真っ青に輝いている。

「ま、いっか……私も私だしね」

なぜか吹っ切れたように小走りになる桃香に、江戸の風が心地よく吹いていた。

履《は》き物を跳ばすくらい軽やかに走る桃香を、町の人々は不思議そうに振り返っていた。

本書は書き下ろしです。

実業之日本社文庫　最新刊

赤川次郎
花嫁は迷路をめぐる
モデルとして活躍する姉の前に死んだはずの妹が現れた⁉ それと同時に姉妹の故郷の村役場からは2000万円が盗まれ――。大人気シリーズ第32弾！
あ1 21

安達 瑶
紳士と淑女の出張食堂
このご時世で開店休業状態の高級ケータリング料理店。どんな依頼にも応えるべく、出向いた先で毎度珍事件が――抱腹絶倒のグルメミステリー！
あ8 7

井川香四郎
桃太郎姫 百万石の陰謀
讃岐綾歌藩の若君・桃太郎に岡惚れする大店の若旦那が、実は前加賀藩主の御落胤らしい。そのことを利用して加賀藩乗っ取りを謀る勢力に、若君が相対する！
い10 8

江上 剛
銀行支店長、泣く
若手行員の死体が金庫で発見された。調査の中で、同行が手がける創薬ビジネスのキーマンである研究医との奇妙な関係が浮かび上がり――。傑作経済エンタメ！
え1 4

今野 敏
処断 潜入捜査〈新装版〉
魚の密漁、野鳥の密猟、ランの密輸の裏には、姑息な経済ヤクザが――元刑事が拳ひとつで環境犯罪に立ち向かう熱きシリーズ第3弾！（解説・関口苑生）
こ2 16

西條奈加
永田町小町バトル
待機児童、貧困、男女格差……ニッポンの現代社会に巣食う問題に体当たり。「キャバ嬢議員」小町の奮闘を描く、直木賞作家の衝撃作！（解説・斎藤美奈子）
さ8 1

実業之日本社文庫　最新刊

櫻いいよ
きみに「ただいま」を言わせて
小学生の舞香は5年前に母親と死別し、母の親友とその夫に引き取られる。血の繋がらない三人家族、それぞれが抱える「秘密」の先に見つけた、本当の幸せとは!?
さ91

櫻井千姫
16歳の遺書
私の居場所はどこにもない。生きる意味もない――。辛い過去により苦悶の日々を送る女子高生・絆。だが、ある出会いが彼女を変えていく…。命の感動物語。
さ101

辻堂ゆめ
初恋部　恋はできぬが謎を解く
初めて恋をすることを目指して活動する初恋部の女子高生四人。ところが出会うのは運命の人ではなく校内で起こる奇妙な謎ばかりで……青春×本格ミステリ!
つ41

葉月奏太
寝取られた婚約者　復讐代行屋・矢島香澄
IT企業社長・羽田は罠にはめられ、彼女と会社を奪われる。香澄に依頼するも、暴力団組長ともうひとりの復讐代行屋が立ちはだかる。超官能サスペンス!
は611

睦月影郎
淫魔女メモリー
小説家の高志は、裏庭の井戸から漂う甘い香りに誘われて降りてみると、そこには地獄からの使者が!?　淫魔大王から力を与えられ、美女たち相手に大興奮!
む214

南　英男
偽装連鎖　警視庁極秘指令
元IT社長が巣鴨の路上で殺された事件で、タレントの恋人に預けていた隠し金五億円が消えていたことが判明。社長を殺し、金を奪ったのは一体誰なのか!?
み719

実業之日本社文庫　好評既刊

井川香四郎
桃太郎姫七変化　もんなか紋三捕物帳
綾歌藩の若君・桃太郎、実は女だ。十手持ちの紋三のもとでおんな岡っ引きとして、仇討、連続殺人など、次々起こる事件の〈鬼〉を成敗せんと大立ち回り！
い10 4

井川香四郎
桃太郎姫恋泥棒　もんなか紋三捕物帳
讃岐綾歌藩の若君・桃太郎が町娘の桃香に変装して散策中、ならず者たちとの間で諍いに。窮地を救った若き刀鍛冶・一文字菊丸に心を奪われた桃香は——!?
い10 5

井川香四郎
桃太郎姫暴れ大奥
男として育てられた若君・桃太郎。将軍暗殺の陰謀を未然に防ぐべく、「部屋子」の姿に扮して、単身大奥に潜入するが……。大人気シリーズ新章、堂々開幕！
い10 6

井川香四郎
桃太郎姫　望郷はるか
偽金騒動を通じて出会った町娘・桃香に、商家の若旦那がひと目惚れ。その正体が綾歌藩の若君（!?）と知らない彼は……人気シリーズ、待望の最新作！
い10 7

池井戸 潤
空飛ぶタイヤ
正義は我にありだ——名門巨大企業に立ち向かう弱小会社社長の熱き闘い。『下町ロケット』の原点といえる感動巨編！（解説・村上貴史）
い11 1

池井戸 潤
不祥事
痛快すぎる女子銀行員・花咲舞が様々なトラブルを解決に導き、腐った銀行を叩き直す！　テレビドラマ「花咲舞が黙ってない」原作。（解説・加藤正俊）
い11 2

実業之日本社文庫 い108

桃《もも》太《た》郎《ろう》姫《ひめ》 百万《ひゃくまん》石《ごく》の陰謀《いんぼう》

2021年6月15日　初版第1刷発行

著　者　井《い》川《かわ》香《こう》四《し》郎《ろう》

発行者　岩野裕一
発行所　株式会社実業之日本社
〒107-0062　東京都港区南青山5-4-30
CoSTUME NATIONAL Aoyama Complex 2F
電話［編集］03(6809)0473［販売］03(6809)0495
ホームページ https://www.j-n.co.jp/
DTP　ラッシュ
印刷所　大日本印刷株式会社
製本所　大日本印刷株式会社

フォーマットデザイン　鈴木正道（Suzuki Design）

ISBN978-4-408-55663-5（第二文芸）